一位农民工35年的寻梦之旅

梁武钦 ◎ 著

宁波出版社

总序曲：大时代 小人物 新长征

序幕

1978年7月,中国改革开放前夜。

一个大地之子,时年17岁的我,告别了我平生的最高学府——浙江省新昌县大市聚公社白石联办"五七"高中,走向了田野,走向了社会……

山之子,海之梦

1978年12月,具有划时代意义的中共十一届三中全会的召开,吹响了中国改革开放的号角,拉开了新时期新长征的序幕。

从此,占中国人口五分之四的农民,挣脱了旧体制"一窝蜂"大集体生产的樊篱,赶上了改革开放市场经济的大潮。

一个伟大时代的小人物——我,与同时代千百万农民大军共同踏上一条艰苦卓绝的漫长的跨世纪寻梦之旅……

序一：60后，中国第一代农民工

话说"60后"

60后，简言之就是出生在20世纪60年代的人，这个简称也是站在今天的角度对出生在那个年代的人的一个统称。

这一代沉默的即将退出历史舞台的60后，是投身和参与中国改革开放大业时间最长、贡献最大的一代人。

60后，他们虽然没有经历过烽火连天的战争岁月，却生长在一个特殊的年代，经历了60年代的饥荒，承受了繁重的体力劳动，度过了十年"文化大革命"的动乱岁月。更重要的是他们亲身经历和参与了一场史无前例、惊天动地的中国改革开放建设的伟大实践！

因此，60后这一代人身上具有其他任何年代人所不具有的优秀品质。他们大都不怕苦和累，不怕流血和流汗；他们热爱劳动，尊重劳动，吃苦耐劳是这一代人的主要特征之一。

60后，他们有希望、有梦想、有信仰、有社会责任感和使命感。

60后，他们藐视痛苦，蔑视懦弱，有着坚韧的毅力、钢铁般的意志，敢于在逆境中顽强抗争、搏斗。

60后,代表一个时代的一代人。

60后,一个响亮的值得为之骄傲的名称。

60后,是中国承前启后的一代人。

60后,是当今中国的中流砥柱,是中华民族的脊梁!

再说中国第一代农民工

其实,在20世纪80年代之前,中国大地上只有"农民"这个大家都熟悉的称呼。

大约到90年代之后,一大批赤脚农民离开了田野,穿上鞋子奔向了城市的建筑工地、工矿企业谋生挣钱,才有了"打工仔""打工妹""农民工"这样的新称呼。但在那个年代还远没有今天的"第一代农民工""农二代"等时髦的称呼问世。

20世纪80年代中期,改革的春风已经吹遍了中国农村的每个角落。农村实行土地联产承包责任制后,农民的劳动积极性得到了空前的提高。

当时,农村劳动力过剩,60后大都才20岁出头,一部分农村青年思想较活跃开放,致富心切。在那千载难逢的历史机遇下,他们离乡背井冒险走江湖、闯天下,纷纷投身到城市各行各业的建设和发展中,八仙过海、各显神通。

到了90年代后期,随着城市经济体制改革的深入,国营、集体和乡镇企业相继改革和转制,私人中小企业异军突起。如今,60后同70后、80后、90后汇成一支声势浩大的大军，他们走南闯北，激荡、震撼、改变着整个中国社会……

如今，中国改革开放已经走过了30多个年头，肩背手提蛇皮袋的60后农民工大都已经50岁左右。他们的子女也将手拉拉杆箱，跟随父辈们或自己独闯天下，离开农村，走向城市，成为"农二代"。

之所以说来自农村的60后是中国第一代农民工，是因为他们是中国第一批从农村走向城市的劳动者、建设者和创造者。

自序暨总引言:我是一个60后农民工

农历一九六二年八月,新中国已诞生十余年,我来到这个世界。我的生肖是虎。

我是生在新社会,长在红旗下的一代人,在毛泽东思想的教育和号召下,走完了学生时代。

那是一个红色海洋的年代,那是一个激情燃烧、振奋人心的年代……

1978年12月以后,春雷惊大地,阳光驱乌云。中国人民迎来了一个改革开放的崭新时代。

我的命运之舟和中国改革开放的"大船"同时扬帆起航,驶向那充满激流、险滩、暗礁又无限广阔的生活海洋。

我是60后,今天,我自称是中国第一代农民工。

我是20世纪80年代较早从农村跻身城市,同"城市人"争夺饭碗的"乡下人"。

我在城市的用人单位做过小工、临时工、长期合同工,也有过同城市人一样的下岗、失业的痛苦经历。

1995年3月28日,我与用人单位发生了一场长达半年之久的

"劳动争议",在申请调解无望、仲裁无门的不利处境中遭到用人单位法人的打击报复,含冤离开了工作十年的工作岗位。

1995年4月以后,为了在浙东小山城新昌坚强地战斗生活下去,为了实现我梦想的幸福生活,以及完成未竟的事业,我奋发图强,使出浑身解数,四度白手艰苦创业,相继创办幼儿园、保险超市、广告公司及女装店……

在21世纪初的几年,我的生活发生了一系列重大变故:经历了一场婚变,又受"三角债"束缚,加之本人又犯急躁冒进"硬发展"的错误,误陷民间"高利贷"陷阱。

我的一叶命运小舟,在生活海洋的惊涛骇浪中,经受了一次又一次狂风恶浪的冲击、拍打,受到了暴风骤雨般惊心动魄的洗礼。

这期间,有事业半途而废,有头破血流,有离愁别恨,有双目失明,有亲人生病,有百万重债压身,为此我付出了难以言喻的惨痛代价。

2010年夏天,面对精神和物质的双重压力,为了东山再起,我把自己逼上梁山,变卖家产,告别亲人,带着病痛,离开了奋斗26长载的新昌城。在人生这一特殊岁月中,全面实施大撤退、大转移、大逃亡战略,走上了一条充满渺茫、坎坷、艰辛和未知的"另类长征"之路。

2010年底,我结束了长达半年辗转于苏、浙、皖三省20多个城市的旷日持久的非人过的流浪、奔波及求职生涯。受尽了社会底层民间百姓的疾苦,同时,也耳闻目睹了弱势群体艰辛的生存现状和凄悲的生活场景。

2011年新年元旦，我在浙北平原嘉兴找到了一家新办小企业浙北管业公司，开始做营销工作。

为了重整旗鼓，在浙北管业公司，我克服不会讲普通话的语言障碍，在经济极端困难条件下，重走苏、浙、皖三省"长征路"。在半饥饿、半流浪中又一次白手艰苦开拓营销渠道，发展新客户，巩固老客户。

2013年春，经过两年发奋努力工作，我从一个流浪汉变成了每月收入3万元的打工仔。

我立誓再战八年，通过分步实施三年、五年计划，力争在60岁之前，也就是在伟大的2020年基本扭转人生困局，重新找到属于自己的事业根据地！

写在前面的话

既然是对往日的回忆,那就不可能虚构。纵然是枯燥的片段,多少记录了风雨激荡、日新月异的伟大时代中一个小人物的人生奋斗足迹。

我出生在中国改革开放前沿的浙江,又是一名商战一线的战士,有着35年的人生奋斗经历,不管眼前的家庭、事业成功与否,我仍为身处这样一个大时代而自豪。

我的大脑神经永远处于活跃和兴奋状态,因为,我还有许多梦想没有实现,还有未竟的事业待我去完成。

我是一个十分热爱生活、热爱劳动和工作的人,我总是憧憬地迎接每一天黎明晨光的到来,这样我便又可以投入新一天的工作中。

以上是闲话,还是言归正传说几句关于本书的写作过程吧。

想写一本像样的书,是我年轻时就有的梦想。

有人说,一个人要写书,40岁落笔也不迟。说明40岁之前尽可以去体验生活,何况本人已年过半百,应该可说"人生阅历丰富"了。

2009年冬天,我在新昌城时胡乱写了几万字,但不是现在的书名。之后因生活变故太多,无法静下心来创作,就搁笔将书稿丢弃在新昌家里，遗憾的是至今下落不明。

2010年下半年，在漫长而艰苦的流浪求职岁月中，为度过漫漫的长夜，我不知花了多少个夜晚，利用在人才市场和劳务市场捡来的招聘广告简章、报名表的空白背面，甚至在正面印有文字的横行空间见缝插针创作"流浪小说"，约有10万字，可说是"战地手记"。

我基本是在夏日蚊叮虫咬、挥汗如雨，冬夜饥寒交迫，在街道昏暗的路灯下、月光下，在火车站、汽车站过道和地下室，甚至在卫生间、洗手间写作的。

令人惋惜的是2010年10月下旬，我在杭州解放路遭遇"大失窃"，手稿连同大件行李在内一道被偷走了。

农历二〇一一年春节前后，我到达浙北管业公司不久，又重新提笔涂写2万多字，重新设置了全书结构，写了提纲、目录。

后来，由于忙于企业市场营销实战，一直搁笔到2012年春，又一次整理了提纲目录，但仍然没有时间完成后面的创作。

2013年是中国改革开放35周年，也是我走上社会的第35年。为给中国改革开放35周年献礼，为纪念和庆祝自己为了实现"个人梦"南征北战35周年做个小结，2013年新春过后，我真正定下了写作进度表，希望赶在2013年12月份出版发行。

本来应该可以说"十月怀胎，瓜熟蒂落"了，可不知怎的，书名定了不下5个，虽然全书架构、目次已基本确定，但多次提笔就是没有一种自己认可的"开头"风格。

实际上，到2013年4月下旬我还没有"落笔"，我有点担忧，可能无法完成写作任务了。

下面我再说说定书名这事。2013 年 5 月 8 日晚,我从安徽淮北乘绿皮火车到合肥,当夜又在合肥站中转去六安出差。我站在拥挤的车厢过道中间,车厢里的乘客大都是外出打工或返家的农民工,年龄在 20 岁至 60 岁之间。为节约车费,大部分农民工很少乘高铁和动车,包括我这个 60 后农民工。

午夜时分,已有部分站着的、席地而坐的农民工累得以各种各样的姿势打盹。行李架上放着大包和小包,为了生计和赚钱,改善生活,大家都远走他乡,漂泊奔波在城市和农村之间。

我目睹着列车车厢这个"大家庭"的生活百态,决定把作品的书名定为"中国第一代农民工",后又加了一个小标题:一个 60 后农民工 35 年悲壮的寻梦之旅,并用纸条写下,全盘否决了之前的几个书名。

初稿开篇也是 5 月 9 日长夜在皖西六安火车站候车厅写下的,因此,这天也是此书的"正式落笔日"。

就这样,我一写不可收拾,利用工作之余及出差间隙完成了第一稿。

为什么分部分、章、节写作,主要是考虑到在快节奏生活的今天,已很少有人静下心来去耐心阅读一本大部头小说了。如果分章、节写,可以让大家在闲暇时间随时翻阅。

实际上,我是尝试着以一种"速写"的风格写作的,让人们从中体会和领略中国第一代农民工为了实现心中的"个人梦",同命运之神顽强抗争、搏斗的悲壮人生。

目 录

总序曲：大时代　小人物　新长征 ………………………… 1
序一：60后，中国第一代农民工 ……………………………… 2
自序暨总引言：我是一个60后农民工 ………………………… 5
写在前面的话 ……………………………………………………… 8

引子：数风流人物　还看今日农民工 …………………………… 1
第一部分：走向社会（1978—1984） ………………………… 3
　【导读】…………………………………………………………… 4
　　第一章 ………………………………………………………… 5
　　　让祖国挑选 ………………………………………………… 5
　　　走向社会 …………………………………………………… 6
　　　二次中考 …………………………………………………… 7
　　　拜师学木工手艺 …………………………………………… 8
　　第二章 ………………………………………………………… 9
　　　千里赴闽北 ………………………………………………… 9

奔赴江西靖安 …………………………………………… 11
　　返乡 …………………………………………………… 15

第二部分：十年城市奋战（1985—1995）……………… 17
【导读】 …………………………………………………… 18
第三章 ……………………………………………………… 20
　　离开黄土地 …………………………………………… 20
　　跻身新昌城 …………………………………………… 21
　　向"城市人"挑战 ……………………………………… 23
第四章 ……………………………………………………… 25
　　劳动争议 ……………………………………………… 25
　　上访控诉 ……………………………………………… 25
　　十年青春奋斗付东流 ………………………………… 26

第三部分：四度白手创业（1996—2009）……………… 27
【导读】 …………………………………………………… 28
第五章 ……………………………………………………… 29
　　发誓永不打工 ………………………………………… 29
第六章 ……………………………………………………… 30
　　创办幼儿园 …………………………………………… 30
　　树立一面五星红旗 …………………………………… 31

我成了电视新闻人物 ………………………………… 32
梦想办私立小学 ……………………………………… 33
难舍国旗 ……………………………………………… 34

第七章 ……………………………………………… 35
婚变 …………………………………………………… 35
妻离子在 ……………………………………………… 36
第二次购房 …………………………………………… 37

第八章 ……………………………………………… 38
再婚 …………………………………………………… 38
设立"保险超市" ……………………………………… 38
母亲住院 ……………………………………………… 41
寿险工作室遭"抢劫" ………………………………… 41

第九章 ……………………………………………… 44
重新起步 ……………………………………………… 44
双目失明 ……………………………………………… 45
解散团队 ……………………………………………… 46

第十章 ……………………………………………… 48
"土作家"出书 ………………………………………… 48
第三次创业——创建广告公司 ……………………… 49
开女装店 ……………………………………………… 49
我把名誉赌明天 ……………………………………… 50
进入战时状态 ………………………………………… 51
焦土抗"贷" …………………………………………… 52

夺财日 ··· 53
　　第一次"长征"预演 ······························ 54
　　雪夜奔安徽广德 ··································· 55
　　除夕送高利息红包 ······························· 56

　第十一章 ··· 58
　　面对百万重"贷"围攻 ··························· 58
　　狠心住院 ··· 59
　　午夜救母 ··· 61
　　最后的"烧钱" ····································· 61
　　噩梦醒来 ··· 62

第四部分：另类长征（2010年6月至12月） ·········· 65
【导读】 ·· 66

　第十二章 ··· 67
　　西行义乌 ··· 67
　　北上诸暨 ··· 68
　　卜卦前程 ··· 69
　　捐款修《梁氏家谱》 ··························· 70

　第十三章 ··· 72
　　兵败如山倒 ··· 72
　　第三次"长征" ····································· 73
　　从甬城向皖西转移 ······························· 75

合肥求职 …………………………………………… 76
　　再见合肥 …………………………………………… 78
　　南京站中转 ………………………………………… 79

第十四章 …………………………………………… 80
　　苏南昆山求职 ……………………………………… 80
　　惜别昆山 …………………………………………… 82

第十五章 …………………………………………… 84
　　南下杭州 …………………………………………… 84
　　露宿萧山火车站广场 ……………………………… 85
　　萧山、杭州找工作 ………………………………… 85
　　我的"家"—— 杭州城站火车站 ………………… 87

第十六章 …………………………………………… 90
　　转回绍兴柯桥 ……………………………………… 90
　　潜回新昌城 ………………………………………… 92

第十七章 …………………………………………… 94
　　倾家荡产,恨别新昌城 …………………………… 94
　　再返绍兴柯桥找工作 ……………………………… 95
　　北上萧山 …………………………………………… 97
　　杭州投靠无望 ……………………………………… 97

第十八章 …………………………………………… 99
　　南下诸暨寻工 ……………………………………… 99
　　身无分文陷义乌 …………………………………… 101
　　北上嘉兴 …………………………………………… 106

第十九章 ········· 108
- 东行余姚 ········· 108
- 前往慈溪 ········· 110
- 再回宁波 ········· 112
- 去象山报到 ········· 118
- 夜宿象山街头 ········· 119
- 海岛养鸡求职 ········· 121
- 第二次身无分文 ········· 125
- 乘轮渡转到鄞州 ········· 127
- 宁波、北仑、镇海求职 ········· 130
- 暴风雨之夜 ········· 131

第二十章 ········· 133
- 败退杭州"老家" ········· 133
- 雷阵雨中求职 ········· 134
- 遇抢劫 ········· 135
- 在饥饿中找工 ········· 136
- 卖手机救命 ········· 138
- 挨打 ········· 139
- 搬家公司打短工 ········· 140
- 每逢佳节倍思亲 ········· 141

第二十一章 ········· 143
- 冬天来了 ········· 143
- 与跑路官员为友 ········· 144

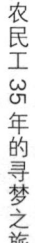

大"破产" ·················· 145
　　劝救轻生男子 ············ 148
　　饥寒交迫 ·················· 149
　　同小偷做伴 ··············· 150
　　牙痛难忍 ·················· 152
　　飞雪中求职 ··············· 152

第二十二章 ················· 157
　　物流公司长夜班 ········ 157
　　睡暖被窝 ·················· 159
　　离别物流公司 ············ 161

第五部分：转战苏、浙、皖营销市场（2011—2012） ······ 163
【导读】 ······················ 164
第二十三章 ················· 165
　　浙北大后方 ··············· 165
　　梦回故里 ·················· 167
　　回望故乡 ·················· 168
　　孤单凄凉除夕夜 ········ 169

第二十四章 ················· 171
　　新春过后 ·················· 171
　　年过半百 ·················· 172
　　从求职者变招工者 ····· 173

车间试机生产 ············· 175

第二十五章 ············· 176
　　首次跑推销 ············· 176
　　在浙北湖州成交第一个客户 ············· 178
　　反攻杭州、萧山 ············· 179
　　东进余姚、慈溪 ············· 180

第二十六章 ············· 182
　　首攻苏南昆山 ············· 182
　　有惊无险的车祸 ············· 183
　　露宿港城 —— 张家港 ············· 185
　　打过长江去 —— 轮渡北上南通 ············· 187

第二十七章 ············· 189
　　南下无锡、苏州开展业务 ············· 189
　　攻占下江苏省第一个城市 —— 南通 ············· 190

第二十八章 ············· 192
　　苏州、常熟客户首次来公司考察 ············· 192
　　向苏北徐州、连云港进军 ············· 193
　　苏北大地 —— 宿迁、淮安、盐城 ············· 194

第二十九章 ············· 196
　　浙北大后方休整 ············· 196
　　去苏南回访客户 ············· 197
　　天下第一村 —— 中国华西村 ············· 198

第三十章 · 200
- 安徽滁州雷阵雨中赤脚跑业务 · 200
- 皖西六安台风中拜访客户 · 201
- "攻打"安徽省城合肥 · 201
- 皖西南池州、安庆 · 202

第三十一章 · 205
- 风雨飘摇的新生企业 · 205
- 手抓蚊子 · 206
- 首次购福利彩票 · 207
- 北上山东临沂催款 · 208
- 回访苏北客户 · 210

第三十二章 · 211
- 策划百日大战 · 211
- "强攻"苏南市场 · 213
- 难忘的50岁生日,夜宿嘉兴站 · 214
- 重去昆山、杭州求职 · 215

第三十三章 · 217
- 别了,2011年 · 217
- 为了2012年 · 218
- 他乡第二个春节 · 218

第三十四章 · 220
- 新春第一战 · 220
- 老父旧病复发 · 221

重返江西、福建 ·· 221

第三十五章 ·· 225
　　月销量超百万 ·· 225
　　开始还债 ·· 225
　　经略中原大地 ·· 226
　　汇钱救父 ·· 227
　　星夜飞驰老家探父 ·· 229
　　近乡情更怯 ·· 231
　　子欲养而亲不待 ·· 235

第三十六章 ·· 237
　　化悲痛为力量 ·· 237
　　他乡之恋 ·· 238
　　连续月销售额超 200 万元 ································· 238

第六部分：睡虎已惊醒（2013 年以后）·················· 241
【导读】··· 242

第三十七章 ·· 243
　　新年新希望、新任务 ······································ 243
　　苏北遭遇五十年未遇之严寒 ································ 243
　　淮北、合肥遭遇严重雾霾天气 ······························ 244

第三十八章 ·· 246
　　浙北第三个春节 ·· 246

睡虎已惊醒 …………………………………… 247
发展南北两块新的"根据地" ………………… 249
巩固苏、浙老"根据地" ……………………… 249

第三十九章 ………………………………… 252
从流浪汉到月薪3万 ………………………… 252
新车间试机生产 ……………………………… 253
难熬的2013年夏天…………………………… 253
借十八届三中全会的东风 …………………… 255

题外话:莫以成败论英雄 …………………… 258

引子:数风流人物 还看今日农民工

当今中国,浩浩荡荡的数亿农民工大军已成为中国改革开放大业中一支不可或缺的生力军。

他们走南闯北于长城内外、大江南北,激荡、震撼和改变着整个中国社会。

他们所到之处天翻地覆,沧海变桑田。一座座现代化的新城和工业园区拔地而起;一条条高速公路及铁路横贯祖国东西南北中。

为了中华之崛起,为了实现"个人梦",他们离乡背井,餐风饮露;含辛茹苦,呕心沥血;百折不挠,勇往直前。

他们不愧为中华民族的脊梁和骄傲!

第一部分

走 向 社 会

(1978—1984)

【导读】

1978年7月,我参加了平生第一次中专考试后,结束了学生时代,走向了社会。

20世纪70年代末期,改革开放的浩荡春风已经吹遍中华大地。

我在浙江省新昌县农村老家当了两年农民后,于1980年冬拜师学习木工手艺活。

1982年,我度过了两年苦难的徒工生活,远去浙东宁波、宁海及福建、江西等地干木工活儿……

离开学校后的六载青春岁月,可以说是在流汗和流血中熬过来的。我逃过了无数次意外伤害,特别是1984年夏天,在千里之遥的闽北,因为一次急性疟疾,我险些命丧他乡大山之中!

1984年岁末,我结束了充满艰辛、坎坷、生死考验的漂泊打拼之旅,返回到了浙东老家。

第一章

让祖国挑选

1978年春天,刚恢复高考不久。

我即将结束新昌县大市聚公社白石联办"五七"高中的最后时光。刚入学时全班有60多名同学,不到两年的时间陆续退学20多名,还有40多名同学坚持到临近毕业。

在学校领导和班主任的再三鼓励和动员下,共有20多人勇敢地站起来,怀着"一颗红心、两手准备"的豪情壮志,报名参加1978年的中专考试。当年这情形真不亚于报名参军上前线。

我所读的这所"五七"高中,是我们县级别最低的一所学校,是以白石村为中心,附近6个村庄捐助山林、茶园和田地联合办起来的,校长是我的三叔。

当时,全县每个区、公社都办有一所"五七"高中,大都办在偏远的大山里或寺庙中,学生半农半读。

我虽然报了名,准备参加中专考试,但由于十年"文化大革命",学业差不多都荒废了。"五七"高中规定每星期要有4个下午参加生产劳动，特别是采春茶高峰期，学生几乎整个星期不读书。老家农忙季节，我还要请假回家帮忙，几年下来，几乎没有学到多少知识，说得不好听点，我连数学的正负运算也不大会做。

临近中考前一个月，我们这些参加中考的同学可以不参加生产劳动，还破天荒地举行夜自习，这是我从小学到"五七"高中第一次夜里到学校读书。

真是黑发不知勤学早，白发方知读书迟。两个月的紧张复习转眼过去，1978年7月，中考的日期到了。

我仓促地参加完了首次中专考试，离开了平生最高学府——白石联办"五七"高中，告别了学生时代，回到了老家农村，成了一个地地道道面朝黄土背朝天的农民。

走向社会

1978年下半年，中国农村处于改革前夜。

中专考试成绩公布，我名落孙山，倒没有多大的失望。这是我意料之中的结果，想想也只不过是尽到了一个读书人应尽的义务。

据说当年的中专考试录取比例是1:600，我所在的"五七"高中没有一人被录取。

离开了学校，走向了社会，未来怎么走下去呢？

作为农民的后代，大地的儿子，我决定在老家农村务农，参加集体生产劳动。

1978年，农村还是"一窝蜂"的大集体生产劳作，大部分农民虽然长年累月在土地上耕种，仍是食不果腹。

那年的我每天劳动工分是 4 分，计人民币 0.20 元。已满 17 虚岁的我，由于从小缺少营养又过早挑重担打柴，个头较矮小，只有今天小学二年级学生的个子。所以，生产队社员和队长给我评工分时，只评了 4 分，还不及一个农村妇女的半劳动力 6 分。当时，一个农村全劳动力是 10 分，相当于每天挣 0.50 元人民币。

就这样，我过着日出而作、日落而息的农民生活，一晃就是半年。

二次中考

1978 年 12 月，中共十一届三中全会召开，吹响了中国改革开放的号角。安徽省凤阳县梨园公社小岗村率先拉开了中国农村改革的序幕。可全国大部分农村依然处于"黎明前的黑暗"，尚在沉睡中……

1979 年 6 月，临近中考前一个月，我约了几位老同学，准备参加第二次中专考试。

我们暂时丢下锄头，插班进了"五七"高中复习班。这是一次临时抱佛脚的中考复习，考试结果可想而知，又是没有被录取，我回到农村继续当农民。

下半年，我参加了冬季应征入伍体检，在检查到五官科时遭淘汰。这只能怪"五七"高中读夜自习时，学校经常断电，我就用煤油灯照明读书,把鼻子给熏坏了。真是一件憾事。

拜师学木工手艺

1979年农历年底,我拜师去学木工手艺。

我同师父约定了劳动报酬,第一年义务劳动,第二年每天三角工钱。为了早日学好木工技艺,我勤学苦练,更换了三个师父,可说是"人从三师武艺高"。

当年,我们师徒几人大部分时间是在宁海县的大山里建造木结构房子。每次外出干活,都要挑着百来斤重的工具跋山涉水一整天,才能到达目的地。记得有一年年底,大雪封道,为赶回新昌老家过春节,我们师徒三人在雪山上走了两天两夜。

我们干的大部分木工活是建造木结构的新房子,上梁等危险的活都是选在半夜三更的良辰吉时做的。干这种高空作业,当时根本没有什么安全保护措施,因此发生过好多次意外,幸亏我人较敏捷,没有一次受重伤。

1981年,改革的春风终于吹到了我的家乡。

老家实行了农村土地联产承包责任制,我家也分到几亩田地。从此,"大集体"生产劳动的历史结束了,农民的劳动积极性空前高涨,不到一年,农民就不愁填不饱肚皮了。

第二章

千里赴闽北

1983年腊月,为了多挣钱,我孤身携带木工工具等行李,第一次从义乌乘绿皮火车远赴千里之遥的福建省邵武、光泽等闽北大山区干木工活,初步计划打一年长工。

闽北同浙、赣交界,20世纪30年代是"中央苏区根据地",大山上到处有战争的遗迹。

我每天的工作不是去大山上伐木砍树、锯板材,就是在农村居民家建造木结构房子,干的是非常累的体力活。

有一次,我在光泽县一大山上,与一个江西老表争锯一棵大松树,大刀锯同大斧子展开了一场"水浒式"的武打,我的左脚险些被老表砍断。那真是一个凭力气说话的年代。

那时,闽北许多村寨连电都没通,更不要说通广播、电视了。那里同原始社会相差无几,我与老家父母主要靠书信传递信息。

那年,我20岁出头,经过几年社会锻炼,各方面已较成熟,也能适应外面的世界,能独立生活了。

我在兄弟姐妹中排行老大，家中重担自然落到我的肩上。我明确外出的目的是挣钱，一个月30天几乎满月干活，除非在更换村庄那天才休息半天、一天……

1984年盛夏的一天，我同福建老乡去茫茫的原始森林砍伐木材，晚上，结束了一天的重活后，天气实在闷热难忍，我不听当地老乡的劝阻，跳进了村边山脚下一个清澈见底的水潭中洗了澡。不料，后半夜，我时而发高烧汗如雨下，时而又浑身冷得发抖，盖上棉被和棉袄还叫冷。到第二天上午，我仍昏迷不醒，眼前似乎是一片火海。

我没有生过什么大病，一般的手脚意外受伤，哪怕是皮开肉绽，也不知道去医院包扎，每次都是用土方法咬烂树叶或用小便和泥土敷上就了事。

这一次病倒在床上，我照例没有去医院治疗，也没有吃过一粒药丸。当然，在异地他乡没有一个人会把我送去当地的卫生院，我干活的主人家照样早出晚归。

我躺在床上不吃不喝一天一夜，第三天就强撑起来继续干木工活。就这样，我险些命丧他乡大山间！

日月如梭，光阴似箭。转眼我在福建打工有8个多月了。

1984年秋，老家掀起了发展花木产业的高潮。闽北大山区里生长着望春花、野梨头、野花红等花木，一个同龄老乡打听到我的地址后，乘火车来到了我干木工的村庄。

自从老乡找到我后，我宁静的打工生活完全被打乱了。

我放弃了木工活，向主人家结算了全部工钱后，就同老乡一道去福建泰宁、建宁等山区村镇采购苗木果子了。

我们一边去村镇和集市张贴广告，收购果子，一边带上干粮、饼干亲自去大山上寻找和采摘果子，夜里就睡在大山上。为防野兽袭击，有好几夜干脆爬上大树睡觉。

1984年国庆节前，我和老乡结束了近一个月的采购苗木果子生活。因没有弄到多少果子，他叫我一道回浙江老家算了。

奔赴福建的奋斗梦想还没有实现，本想着苦干一年，待来年挣到钱后，购一辆自行车、一块手表和一台收音机，荣耀返乡过大年。谁曾想，离别老家近十个月了，身上却依然没什么钱，于是我硬着头皮坚决不回浙江。。

老乡看我无意回老家，就决定独自先回。我们在邵武火车站含泪分别……

时值深秋，天气转凉了。无奈之中，我又返回了光泽县，这时，我原先的工作计划已完全被打乱，后悔浪费时间和金钱去采购苗木果子。

此时"二号病"疫情正在悄无声息地蔓延。光泽县同江西省黎川县交界，为逃避"瘟疫"，经过激烈的思想斗争，我带着主要木工工具和冬衣，奔赴江西省靖安县。

奔赴江西靖安

1984年10月中旬，我做梦也想不到这一年还要去江西打工。我不情愿地结束了在闽北孤单寂寞、流血流汗的十个月的打工生涯，心情十分沉重地从福建光泽乘火车到江西鹰潭，又连夜中转火车去南昌。

记得那晚后半夜到南昌下火车后，天下起了大雨，我大清早就赶往南昌长途汽车站乘汽车去靖安县。

好不容易辗转了几趟火车、汽车找到了江西靖安县香田乡师兄的亲戚家。谁知见面之时，也是分别之夜。师兄刚整理好行李，准备第二天大清早就乘车回老家浙江。

那夜，我们一边喝白酒，一边叙旧。聊起近几年分别后的生活，一直到凌晨，也没有上床睡觉。我就打着手电筒送师兄一道去靖安县城。待师兄乘上回乡的长途汽车后，我独自一人，内心十分伤感地步行返回师兄的亲戚家，暂时安顿了下来。

初到江西靖安县香田乡新桥村，人生地不熟的，一切又要从头再来。因在福建光泽时，随身行李太多，我扔掉了一部分木工工具。一时也找不到木工活儿，我就在师兄亲戚的介绍下，随同当地老表去附近山上砍柴卖给砖窑厂。

赣北系半山区，山上长满小拇指粗细的竹子，砍过的柴山上布满了尖刀似的竹枝头，脚一不小心会被竹尖刺穿，鲜血直流。

在山里劳作，中餐就吃用饭盒子随身带去的冷饭，菜就是炒盐巴。当时，我胃一直不十分好，因为每天中午吃冷饭和冷炒盐巴，加上干活流汗不止，口渴了就喝山泉水，一喝下冷水，就反胃，口中吐酸水，十分难受。

我有烟瘾，只要抽几口烟，就可止胃酸。可我刚到江西，身边已没有多少钱了，连一角钱一包的"庐山"牌香烟也舍不得买。实在没办法，就砍下松须枝和山上茅草，烧一堆柴火，待冒烟时，用鼻子吸几口"土烟"。虽被烟火呛得两眼流泪，但毕竟能抑制中饭后的严重呕吐。打柴是体力活，因中餐都被我吐掉了，不到下午3点饥饿就来袭，也就没有力气挑重担了……

1984年11月上旬，我听当地老表说，靖安官庄乡的大山上有野梨头果子可采，就叫了一个老乡做伴乘乡镇班车亲自去山上采摘。夜里，我们就借住在劈山烧炭的民工搭的简易工棚里。白天，则带上蛇皮袋去寻找，野梨头树一般都生长在大山的半山腰上，周围布满一人多高的茅草丛。

时令已是初冬，山上的茅草一片枯黄，人在草丛中走动，几乎看不到影子。我们俩每天天不亮就上山，下午肩挑两百多斤的果子下山。果子放在袋里让它腐烂，方便去果皮和果肉。

记得一个午夜，工棚的厨房间突然火光冲天，我在睡梦中隐约听到噼啪的声音，起床一看，隔壁简易厨房一片火海，包工头和炊事员已无法夺柴门而逃了，我连忙大声喊醒了死猪般睡着的劈山民工。大家惊醒后，来不及穿衣裤，就拿来劈山砍刀斩开木柴护墙冲出房外。我也用刀劈开同厨房相隔的木板，救出了包工头和他的老婆。

有的人只来得及随手拿出几件衣裤，也有几个人一件衣服都没有拿出来。幸亏我及时叫醒大家，无一人伤亡。就这样大家站在工棚对面山岗上，望着几间工棚烧为灰烬。

大山里夜里气温已达到0℃以下，大家只能围着余火取暖。天亮后，民工们动手搭建简易房子，包工头夫妇就下山购买粮食去了。

厨房里的一大箱子大米、面干都被烧掉了，剩下的干粮也因来不及搬出而被烧完了。

我们简单地在山涧水中漂洗了部分野梨头，我约装了4大袋半成品果子，足有250斤。老乡比我提前一天洗，果子不到200斤重。当天中午，我们饿着肚子，挑着重担沿着崎岖不平的山路下山。

我们一路上停停挑挑，一直到午夜才到官庄乡车站。我们挑着重担，迈着沉重的脚步，在月光下又饥又渴，好几次累得想扔下重担，但又舍不得，又咬紧牙关含泪步走了12个小时……

采摘完花果回靖安香田乡后，我又重新置办了木工工具，决定随邻村的木工师傅干木工活。

这年的冬天，在我打工的小村庄，几乎每户人家都有人得了"疥疮"。我是被传染的，全身上下生脓疮，手一抓就破，又痛又痒。

当时，山区医疗条件很差，我也没有时间去当地医院医治，就去店里买了一块硫黄药皂，每天夜晚一个人躲到猪栏间，脱去衣裤，全身上下打上皂沫。皂沫自然晾干沾在身上，也不用水冲洗，穿上内衣裤上床就睡觉，以达到消毒止痒的效果。

1984年农历腊月中旬，我已在靖安干了两个多月木工。严冬来临，怕风雪阻路，不能及时赶回老家过除夕，我结清了工钱，共百余元，准备提前回新昌。

返乡

记得那是一个雪后放晴的早晨,我重新肩挑手提木工工具和其他随身行李,结束了福建、江西一长载的打工之旅,告别了江西靖安第二故乡的亲朋好友,踏上了日思夜想的返乡之路。

当天中午,我从靖安乘长途班车到达江西省城——南昌,在南昌"八一广场"特地拍了一张黑白照片留念,还在南昌火车站前广场地摊上买了一双5元的黑色皮鞋。我脱下穿了多年的家中老母亲亲手做的已经能露出脚趾头的破旧布鞋,换上崭新的皮鞋。这可是我第一次穿上皮鞋,走起路来特别带劲。当天夜里我就乘火车回浙江义乌。

在义乌火车站下了车,我又赶忙奔向义乌长途汽车站,乘汽车回新昌县。在去义乌汽车站途中,我路过一条摆满地摊的街,在那里买了一件9元钱的"民警蓝"军装穿在身上。没想到,这条街成了今天中国义乌小商品城的发源地。

汽车到达新昌城后,我又去新昌百货公司买了一块向往已久的价值78元的"宝石花"牌手表,总算实现了一年前的部分梦想。

之后,我又去街上食品商店买了糖果、糕点和几包香烟,再转乘乡镇汽车回到了离别一年的温暖的老家……

第二部分

十年城市奋战

(1985—1995)

【导读】

　　1985年农历新春过后。

　　一个偶然的机会,我结束了离开学校之后六长载艰辛的农村生活以及异乡奔波的打苦工生活,离开了老家黄土地,走向了浙江新昌县城关镇。

　　为了在城里坚强地生活下去,我抖掉了身上不适应城市生活的农民习气,努力向"城市人"靠拢。

　　终于,经过"八年城市奋战",我在用人单位享受到了"城市公民"的同等待遇。

　　但天有不测风云,人有旦夕祸福。我刚享受"正式合同工"工资和福利待遇不到一年,新上任的经理就违反了我与用人单位签订的20年长期劳动合同。我的合法权益受到严重侵害。

　　时值《中华人民共和国劳动法》正式实施的1995年元旦前后,为维护劳动者合法权益,我拿起法律武器向上级主管部门申请调解、仲裁。在调解无望、仲裁无门的不利处境中,我向县、市、省级人民政府主管部门和新闻单位反映数十次,写下控诉檄文十多万字……

　　1995年3月28日,终因寡不敌众,在现代"灰色势力"攻守同盟下,我惨遭用人单位法人打击报复,成了劳动法实施中学法、守法、用法的牺牲品,被用人单位恶意"解聘",赶下工作岗位。

十长载的青春奋斗和奉献付之东流!

....

第三章

离开黄土地

1985年农历新春佳节过后,一个偶然的机会,我结束了面朝黄土背朝天、风吹雨打烈日晒的农民生涯,告别了离开学校艰苦打拼、流血流汗的青春岁月。

我穿着一身绿色军装、一双洗得发白的解放鞋,手提一个装满面盆、牙刷、毛巾、衣服等生活用品的网线袋,肩背用蛇皮袋装着的棉花被,离开了老家农村黄土地,离开了养育我的小山村,走向了略带现代文明的小山城——浙江省新昌县城关镇。

这一年,我24虚岁。

新昌,系浙江省的一个山区小县,隶属绍兴市。东与宁波的奉化、宁海毗邻,南与台州的天台接壤,西北同绍兴的嵊县(今嵊州)交界。

20世纪80年代中期的新昌县,全县人口不到40万,新昌城关镇常住人口仅2万余人。小小的县城,街道狭窄,街上的汽车寥若晨星。

城区内还没有一条像样的路,这些路都是以街命名的。弹丸之地的城关镇总共只有东街、南街、西街、北街和横街5条街。

我是村里第一个跳出"农门"的人。

我有幸成了一家国营文化单位的工作人员,并没有去工厂车间当满手沾油的工人。这家国营文化单位直属县文化局,系事业单位编制。在我加入前,每个工作人员都是有"城市户口"的正宗的"城市人"。

单位地处城关镇西街29号,与县政府仅50米之遥,距新昌著名的大佛寺风景区——江南第一大佛只有300米,处于城区最繁华的地段。

据说,在当时若想进这里工作是很难的。而我能挤进去,纯属巧合。

我被分配到该单位的批发部工作,负责包库管理。工资和福利说好同"正式工"一样,即每月工资48元,外加菜金补贴5元,合计每月53元,于每月9日发放。

跻身新昌城

就这样我结束了23年的农村生活,跻身来到了新昌小山城,成了这个城市的一分子。可城市的一切,对我这个初次踏进城市的农村青年来说,显得那么陌生和格格不入。

工作一星期之后,我甚至产生"逃"回老家去的念头。幸亏有一天,我在大街上碰到教书的堂叔,我向堂叔诉说了在城里的痛苦,说还不如回老家种田,或再去重操旧业干木工。堂叔批评我是个傻子,说人家想进城工作还没有我这样的机会呢,劝我一定要安心工作,过一段时间就会适应的。

就这样,我勉强继续工作下去。

仓库的工作,对我一个多少也读了"五·七"高中的人来说并不难,各方面我很快就适应了。

1985年,还没有现在满地扔的计算器,货物发货及开票基本靠古老的算盘计算,用算盘做加减乘除我得心应手。至于搬运和打包货物之类重活,更不在话下。我时刻牢记父母和当了十七年民办教师的三叔的教诲,在城里单位工作,要做到上班第一个到单位,下班最后一个关门。

我经常大清早5点就起床,而单位规定早上8点上班,住在同一幢楼的江经理还以为我没有手表,不然起床这么早干什么。

我在大街上吃了早餐后,就一个人到办公室,以办公室为家,扫地,擦洗办公桌和门窗。还学会了用煤饼炉烧开水,要知道我在农村老家连煤饼都没有见过,更不要说燃红煤饼了。由于我十分勤快,工作又认真、积极负责,深受办公室阿姨和大哥们的欢迎。我也逐渐适应和喜欢上了这份工作。

我在那里工作了两个月,领了两个月的工资。可不知怎的,我又变成了"临时工",每一季度与单位签订一次劳动协议书。刚进单位时说好是享受"正式工"福利待遇的,一下子又变成了同工不同酬,福利待遇几乎全部被取消,每月的劳保及分发的物品都没有了,

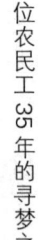

我非常气愤,就去经理办公室鸣冤抱不平。

渐渐地我认命了,默默承受当时旧体制的不公正待遇。

1985年,中国城市尚处于计划经济时代,物资短缺,购物还需要粮票、油票、布票、香烟券和豆腐券,简直是一个"票证天下"的世界。城市和农村好似隔着一条不可逾越的"鸿沟",一个农民没有"蓝本本"(城市户口本),想进城谋生找工比登天还难。而我有幸跻身城市,纯属例外。

向"城市人"挑战

1986年以后,我已基本成了"半个城市人",可心情并不十分轻松,因是"临时工",难免要为今后的前途忧虑。

我是一个争强好胜的人,虽在单位遭到不公平待遇,却照常干好本职工作。我有一种预感,这种不合理的旧体制在不远的将来,终将在城市经济体制的改革浪潮中被打破,到时,我们"乡下人"在城市将大有用武之地。

同年春天,我那浪漫的爱情开始了……

为了在新昌城坚强地生活下去,我抖掉了不适应城市生活的农民习气,努力向"城市人"靠拢。

这期间,我工作积极,也曾一度被评为先进工作者、积极分子,在各项业务练兵竞赛中获奖……

1990年农历六月,儿子出生,我升级为人父,肩上的担子更重了。

1991年元月上旬，我有幸被选派到杭州参加通讯员培训，我十分珍惜这次培训机会，似饥如渴地日夜学习。我一直把这次短暂的一星期培训，视为值得留恋的"大学生活"。

光阴似箭，日月如梭。

历经八年城市"奋战"，我得到了与"城市公民"同等的工资福利待遇。1993年3月，我与用人单位签订了20年的长期劳动合同。

第四章

劳动争议

好景不长，1994年5月，单位前任正副经理相继外调，新任经理上任。

1995年元旦前后，我与前任经理签订的长期劳动合同中有关福利待遇部分的内容新任经理不予认可，我的合法权益受到严重侵害。为捍卫八年青春奋斗换来的劳动成果，我与用人单位多次协商，无果，最后提请劳动争议。

争议之后，新任经理首先无故扣发我工资，并扬言一定要把我赶出单位。在百般无奈中，我遂向县劳动行政部门申请劳动仲裁。

上访控诉

时值《中华人民共和国劳动法》颁布实施，在一时调解无望、仲裁无门的窘境下，为伸张正义，我向县、市、省级有关部门上访数十次,向有关新闻报刊单位投诉,写下了控诉檄文数十万字。

在上诉期间,也曾遇到有良知和正义感的政府人员和记者。不幸的是,由于我向上级人民政府举报反映,新任经理变本加厉地对我实施报复和打击。

十年青春奋斗付东流

1995 年 3 月 28 日,这是我终生难忘的日子。

在劳动合同期未满的情况下,用人单位无视劳动法,滥用职权,恶意把我赶出单位。

我是在精神、物质遭到双重损失下,被迫"下岗"的,一贫如洗地离开了热爱的工作岗位,十年青春奋斗付东流。

虽在新昌城工作十长载,但我在这个城市仍无立足之地。走出了原工作单位,我成了这个城市的"无业游民"。是卷起铺盖败退农村老家呢,还是在这个给我留下许多伤痕的新昌城继续生活下去?前程渺茫,我一时不知所措。

人们常说出门容易归家难,事实正是如此。树活一层皮,人活一口气。我告诉自己不能这般灰溜溜地返回农村老家,在哪里跌倒,就要在哪里重新站起来……

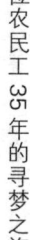

第三部分

四度白手创业

(1996—2009)

【导读】

1995年4月,我被逼上梁山,离开了奋斗十年的工作岗位。

为了争口气,为了弥补十年青春损失,为了在新昌城混出个人样,最终扎根城市,做个"城市人",我使出浑身解数,四度白手创业。相继创办过幼儿园、保险超市、广告公司,开过女装店……在这期间,我曾几度成为县电视台、报纸和网络上的新闻人物。这期间,有离愁别恨、坎坷波折;曾头破血流、双目失明。

2005年以后,由于我犯"硬发展"错误,身背"三角债",一时无力回款,竟然误陷民间"高利贷"陷阱,不能自拔。

2010年6月,噩梦醒来。可惜壮士断腕,为时已晚。面对百万重"贷"围剿,我倾家荡产,两度家庭解体,孤身一人背负病痛实施大转移、大逃亡的战略。

第五章

发誓永不打工

1995年4月以后,上天没有给我太多时间让我陷在悲伤之中,经过短时间自我疗伤后,我决定到城区友人的私企走走看看,希望能从中另选一条适合自己发展的道路。

不久,新昌几家企业老总叫我去跑营销,几个好心人还把我推荐给企业,我都礼貌地婉言谢绝。后来,我决定同新昌几家报刊、广告公司协作开展广告方面的业务,只拿效益劳务提成。

我用拖拉机去农村老家拉了一车木料和板材到新昌城,利用晚上时间自制了几件家具和写字台,开始早出晚归开拓广告方面的业务。遇上远赴乡、镇工作的时候,则自带干粮骑自行车去,可谓勤俭节约、艰苦奋斗。

记得有一次在夜间从乡下返回城市的途中,突然下起大雨,我竟连车带人坠入山涧溪沟里,顿时头破血流,第一次住院打了吊针。

1996年春,经过近一年的努力,我有了点积蓄,准备干自己的事业。

第六章

创办幼儿园

1996年夏,我进行了大量的市场调研,发现本地的乡下农民携儿带女逐渐奔向新昌城打工,江西、贵州、安徽省的农民工也大量涌向新昌的企业打工,新昌出现了幼儿入托难的问题。那时,新昌城关镇仅有几家国营和集体幼儿园,私人幼儿园刚起步,只有规模不大的几家。于是,我决定筹办幼儿园。

我敢想敢做,说干就干,排除一切障碍和重重困难,把事业大本营安扎在城关镇城东方向的人民东路。之所以选址在此,是因为城东工业区正在开发之中,城东大桥马上就要竣工通车,交通很方便,再加上我的老家又在新昌的东边。

我迅速投入到各项事宜的筹办之中,其中向县教育局申请办理"办学许可证"是重中之重。

我选了一家已经停产的毛织厂来办幼儿园,厂里乱石丛生,路面七高八低,荒草长得有一人多高。我请了几个小工清理了杂物,用拖拉机到郊外拉了数十车泥沙石子铺平整后,又用水泥硬化了场地,这下供幼儿活动的操场就有了,还整理了绿化带。

接着,请了泥水匠、木匠、油漆匠定做隔墙,粉刷房间教室,到老家拖了几车木材委托家具厂制作幼儿课桌、凳子、双人床,给房子补漏,还办起了幼儿食堂,配备了幼儿专用清洁厕所。

整个幼儿园可供150人就读。我每天凌晨5点起床,过了午夜方下班,不顾酷暑,大干快上赶进度。

经过两个多月紧张筹备,幼儿园于8月1日开学。

树立一面五星红旗

我给幼儿园取名新昌县月亮船幼儿园,寓意乘着月亮船扬帆起航,乘风破浪!

同时,我去邻县嵊州幼儿师范学校招聘了3名幼师毕业生、一名炊事员及保育员。当我把新昌县教育局颁发的"办学许可证"挂到幼儿园活动大厅的墙上时,心情十分激动。啊!我总算有了创业的第一本证,我要为新昌的幼教事业奉献自己的光和热。

为了全面打响"月亮船"品牌,我发挥自己曾从事广告行业的优势,委托广告公司的朋友和美工在幼儿园外墙主体建筑前方,用立体红色大字醒目地写了"培养跨世纪新人的摇篮"的口号。在各教室布置了天真烂漫、充满童趣的幼儿图画,在操场上特别定制了一艘可供幼儿玩耍的"半月亮"形大摇船,定制了滑梯等幼儿活动器具,园内园外文化氛围浓厚。

为了扩大幼儿园的影响,我还在城区做了十多幅户外广告。

幼儿园开学不到一个月,人数超过60名,发展势头良好。

9月份,为迎接国庆节,我又投资千余元在操场中央树立了一根10米高的不锈钢旗杆,升起一面鲜红的五星红旗。

每天早晨做早操前幼儿园都会举行升旗仪式,目的在于培养幼儿热爱祖国、热爱国旗、尊敬国旗的意识。

我把五星红旗视为国家神圣的象征。每当我看到在高空中迎风飘扬的国旗,就觉得有一种无形的强大精神力量在鼓舞我、激励我冲破重重阻力,勇往直前,向着自己梦想的事业迈进。让"月亮船"这面红旗永远飘扬下去吧!

我成了电视新闻人物

同年11月,幼儿园迅速发展壮大,已有80多名幼儿入学。

月亮船幼儿园在新昌城关镇有了一定的知名度,我也成了下岗再就业的典型。

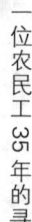

一位农民工35年的寻梦之旅

新昌电视台新闻专题栏目《山城故事》摄制组为我们月亮船幼儿园拍摄制作了长达20多分钟的专题片,连续三天每天早、中、晚3次在新昌电视台黄金时段滚动播出,这在全县引起了一定的反响,我也成了一个电视新闻人物。

当我走在大街上或坐在城乡中巴车上时,时不时会有人认出我就是那个"下岗"职工。

深秋,幼儿园成功组织了一次"秋游"。

梦想办私立小学

1997年春,我在离新昌县县政府不远处的繁华地段,购买了一套房子,我终于在新昌城有自己的"家"了。

此时,我又有了新的事业构想。看到进城农民工子女上小学难的突出问题,在办好月亮船幼儿园的基础上,我计划筹办"民工子弟小学",想到弟弟在浙江师范大学读书,马上毕业了,也算一个帮手。现在想想这只不过是一个宏伟的理想而已……

1998年上半年,幼儿园竞争加剧,城东又增加了两所私立幼儿园,且月亮船幼儿园周围的环境越来越不宁静,已不利于长远发展,我决定选新址搬迁。

不巧县里出现无证办幼儿园之风,幼儿园良莠不齐,县教育主管部门开始整顿幼儿园。

月亮船幼儿园通过近两年发展,已达百名幼儿的规模。看到幼儿园已上了轨道,我就兼职管理,分了一部分精力从事广告业务,园中具体事项主要由妻子负责。没想到由此同妻子感情交流越来越少,最终顾此失彼。

1998年冬,妻子已产生退却心理,提出转让月亮船幼儿园,但多次转让未成。我内心虽非常热爱一手辛苦创办的幼儿园,但为减少家庭矛盾,心不甘情不愿地转让了幼儿园。

难舍国旗

当时幼儿园已放假,我为了挽救即将破碎的婚姻,为了给儿子一个健全的家,忍痛割爱转让了幼儿园。

我亲手降下了一面刚换上不久的五星红旗,亲了又亲,用双手抚摸了一次又一次,依依不舍地转交给了新的"旗主"王老师,并衷心祝愿月亮船幼儿园这面我亲手树立起来的"旗"能永远飘扬下去。

在移交心爱的国旗的那一刻,我尽管是个不信邪的唯物主义者,但内心仍隐隐感到旗在江山在,旗丢江山丢。如同一场战争,谁的战旗插上胜利的主峰,谁就是胜利者。

我对不起自己,更对不起这面倾注我许多心血的国旗,我承认自己是个失败者,感觉一种不祥之兆正向自己靠近。

我本想同王老师这位新"旗主"提出带走这面国旗的,心想幼儿园都转让了,就有点不好意思说出口。最后我看了一眼如亲人般的五星红旗,依依不舍地向国旗行了最后的注目礼,带走了自己的办公用品,交出了幼儿园钥匙,含泪离开了充满我战斗激情和梦想的幼儿园……

第七章

婚变

1999年农历春节过后,我38岁,儿子10岁。

我们夫妻缘分尽了。有言道:悲欢离合都是缘,夫妻分离,朋友反目,一切皆是缘分尽了。幸福的家庭都是相似的,不幸的家庭各有各的不幸。

新春不久,发生婚变,家庭解体。

天要下雨,娘要嫁人。离婚也不是我主动提出的,我们之间也没有什么"第三者",我本是一个生活很严肃的人。

我们没有为离婚闹得不可开交,也没有为财产和孩子争得面红耳赤,我提出儿子随我一道生活,因为我不想落得一个"妻离子散"的下场。

妻离子在

离婚,对于局外人来说,看似十分轻松。可是,对当事人来说,特别是对"受害者"一方来说,真可谓晴天霹雳、五雷轰顶。

我曾在书上看到过这样的描述,在人生的十大悲剧中,离婚排在首位,而亲人的生死离别则排在第二位,足见离婚对当事人有"毁灭性"的杀伤力。

作为过来人,我始终觉得只有到其中一方确已"无可救药"时,才可走离婚这条路。如果只是因为一时任性、赌气、猜疑,就草率离婚,对子女来说,是不公平的。

我同孩子他娘从恋爱到结婚共同生活已有14年,家中突然少了一个人,就好像失去了一个亲人。

好在有儿子做伴,我每天骑自行车早、中、晚接送他上学、放学,一日三餐自己做。可我看到日渐消瘦和没有笑脸的儿子,还是会深深自责,觉得自己没有尽到一个做父亲的义务。

我也没有像一些离婚父母一样把子女丢给自己的父母带,自己则另寻新欢。我希望能尽量给孩子多一些温暖的阳光,即便这是残缺的爱。

我强打精神,重操旧业,同朋友合作开展广告业务,拿劳务费。唯有投入工作,才能忘却烦恼和痛苦。

我本身胃口不大,又食不香,寝不安,时常长夜难眠,如此一年后，不知怎的，严重脱发了，原先浓密乌黑的头发掉了三分之一，前额几乎秃了。

想起一个熟悉的老板娘，离婚后，她满头披肩长发也掉了一半。看来都是离婚惹的祸。

第二次购房

2002年春天来了。

我同儿子相依为命已有两长载之久。不管生活发生怎样的变故，我也决不作践自己，跟自己过不去，不会破罐子破摔，混混过日子。

相反，我更加努力工作，因为肩负着家中的责任，上有老父母，下有幼子。投入工作中，我义不容辞。

在人生的动荡岁月中，需要化烦恼痛苦为动力。痛苦能压倒人，但痛苦的人也能打倒痛苦。

有了一定的积蓄后，我在同一幢房子的三层购买了一套房子，并装修一新。

第八章

再婚

　　人生总该有梦,不在乎残缺与圆满。无梦,最凄苦。这是台湾的一名女作家说的,我把诗句中的"梦"字,比作爱情、婚姻。一个没有爱情婚姻的人,是何等凄苦悲哀呀!

　　人非草木,孰能无情!

　　2002年夏,渴望新的爱情的我,希望结束数年的"苦行僧"生活。

　　为了孩子,我也曾试图"复婚",可劈开的毛竹已合不拢。

　　复婚无望,我只有走再婚这条路,就这样,我重新成立了一个新家庭……

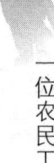

设立"保险超市"

　　2003年广告业务竞争日趋激烈,暴利时代已经过去,我一时又无力创办其他事业。

在一个从事保险业务的老乡的盛情邀请下，我加盟了新昌平安人寿保险公司，开始涉足寿险业。

8月上旬，我在绍兴市参加平安人寿绍兴中心支公司的"新人培训班"，成了一名正式的寿险业务员。但我的身份是兼职业务员，我还有许多没有完成的广告工作要做。我计划通过两年左右时间从广告业过渡到寿险业，并把寿险业作为后半生在新昌城奋斗的事业。

11月上旬，我在绍兴平安人寿中心支公司举行的"九十联动、吴越争霸"保费业绩竞赛中，名列全市新人组前十名，有幸参加了福建武夷山旅游活动。

到2004年秋，我涉足寿险业已有一年时间。

虽然，社会上一些人对寿险业和寿险营销员存在偏见，甚至歧视，但是，我却把寿险业视为一项神圣的事业。

寿险推销员实际上是一项需要长期服务的行业，客户在你这里签订了保险合同，服务才刚刚开始，接着要给客户服务10年、20年，甚至一生。

到2004年，中国人寿保险虽已快速发展十年左右，但寿险从业人员水平参差不齐，鱼龙混杂，人品素质低下者大有人在。

寿险公司又倡导"保费第一、业绩为王"的掠夺式、急功近利的短期行为，致使有些营销员以误导、欺骗客户来争取保单保费。埋下的一颗颗"定时炸弹"相继连环爆炸，造成了社会上"防贼防盗防保险"的负面影响。业界称2004年是寿险业的"寒冬期"。

在当时的中国保险制度下，个人是无力改变寿险业的游戏规则的,若想开辟一小片"红色根据地",唯有另辟蹊径,独树一帜,走一条具有自己特色的寿险营销之路。

一个人若把工作当作一项事业来干的话,那么,他肯定是一个工作狂。我决定用广告收入,投资设立"保险超市"暨个人寿险工作室。

我把工作室地址选在了新昌宾馆县府招待所内的一层写字楼里,那里环境幽静,又有停车场。

工作室租下后,装修一新,宽敞明亮。

我购买了老板桌、写字台、沙发、书橱、电脑等办公用品,以及饮水机、茶叶、茶具、书刊,又叫广告公司的朋友在洁白的墙上布置了有关宣传保险理念知识的展板。

我自己又亲手设计和制作了一本覆过膜的内装各险种不同组合分类的大型活页手册,供新老客户翻阅,选购适合自己的寿险产品。

我除长年订购平安人寿总公司的专业报纸杂志外,还经常从报刊亭购买新报刊,从新华书店选购有关财经、理财、文艺方面的书籍,供客户一边喝茶,一边翻阅,使他们在一种愉悦、轻松的环境中了解保险基础知识。

同时,寿险工作室还方便我的下辖组员接待客户、签约保单以及给新老客户理赔等。

母亲住院

2004年腊月上旬,正当我忙碌地经营"保险超市",将工作重心逐渐转移到寿险业时,乡下母亲积劳成疾。弟弟送母亲来新昌中医院诊疗,经过几次治疗,仍不见好转,便于十二月下旬让母亲住进了中医院。

我成了"半个护士",日夜照料母亲。母亲病情较重,曾两次转入重症病房。

母亲一住就两个多月,我的春节就在中医院度过了。第二年春天气候转暖了,她才出院回了老家。

寿险工作室遭"抢劫"

2005年初秋的一个上午,我刚与同事从平安人寿公司开完早会回到工作室,突然闯进来两个"大盖帽"警察模样的人。其中一位自报家门后,气势汹汹,铁青着脸自言自语:"我是工商局的,多次收到举报,今天是来公事公办的。"

我一时还丈二和尚摸不着头脑,没等我回过神来,年纪稍轻的一个便冲到我的写字台前,不分青红皂白就拿走我桌上有关保险的全部书刊、资料,还强行叫我打开抽屉,用一个尼龙袋装走了里面的所有东西，其中包括5份保险合同以及客户的部分保单。

"大盖帽"临走前又叫我下午去县工商局接受审问。

我一向遵纪守法，朋友都开玩笑。如果天下每个人都像老梁那样，那么这个世界上警察要失业了，这个社会就高度文明了。

当天下午，我自觉去工商局接受审问，方知上午那两人是工商局经侦处的警察，查我无照经营。

其实，我在筹办寿险工作室前，曾去县行政服务窗口咨询过，又向县、市平安人寿保险上级部门反映过，是否可办理一个"工作室"之类的营业执照。但根据当时的工商法规和保险行业的特殊性，还无法按章公办。

然而，我的"保险超市"只不过是个寿险工作室，我没有挂牌子，也没有对外营业，平时又很少去，只是客户来了我去那里接待一下。不想却引来一些"好事者"。

那天下午，因我"无照经营"，警察同志对我说，本来要罚款三万元，看在我有问必答，也是个老实人，态度又好，就象征性地罚几千元。

第二天上午，我向新昌平安人寿保险公司领导反映情况，他们认为我多此一举，自找麻烦。下午，我又乘快客去平安人寿绍兴中心支公司向上级领导反映我的"遭遇"，同样受到冷遇。我心灰意冷，乘车返回新昌城。

当天夜里，我狠心撕下了寿险工作室所有的装饰板，逃难似的搬出全部办公用品。一个新生的"保险超市"被扼杀在摇篮中！

后来，我也没有去交什么罚款，此事草草了结，那些失去的资料和保单合同，我也没有去拿回来……

一年后，我遇到台湾高雄一位从事寿险业 30 多年的边先生，讲起此事，他夸我是他在大陆遇到的第一个如此热爱寿险事业的人。

第九章

重新起步

2005年冬,为了完成未竟的保险事业,我离开了那家保险公司。经生命人寿绍兴中心支公司介绍,我加盟了邻县的嵊州生命人寿营销部。

当时,嵊州生命人寿营销部尚处于筹备期,还没有开业。绍兴中心支公司领导叫我先参与嵊州营销部筹建,组建团队,待嵊州营销部发展稳定后,再到新昌发展新的机构。

为能捷足先登成为新昌机构的负责人,有施展才华的平台,实现寿险事业梦想,我开创了跨县组建寿险团队的先河。

2005年冬天,中国寿险业依然处于"寒冬期",大量寿险从业人员流失或被淘汰,在本地招募人员已很困难了,更不要说跨县组建团队。我冲破重重阻力,投入了一定的财力、物力和精力,以人格魅力感染人,日夜宣讲生命人寿保险发展前景和有关营销政策。

经过一个多月苦口婆心的宣讲,我发展了近20人的新昌分区团队。2006年元月,在生命人寿保险嵊州营销部开业前夕,我被聘

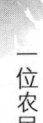

为分区经理。

双目失明

2005年农历年底，除夕前一星期。

我为组建团队，经常早出晚归。一边培训、辅导新人，一边陪访开展业务，时常工作到凌晨。

一天凌晨3时，还在办公室工作的我突然感到灯光一下子暗了下来，顷刻间眼前一片模糊，过了很长时间眼睛才恢复正常。第二天下午，我在百忙中挤出时间去新昌县人民医院眼科做了3项检查，医生说一切正常，就给配了一些药。

服药后的第二天早晨，我一觉醒来，已伸手不见五指。尽管眼睛看不见了，但我放心不下一堆的工作。在家人的帮助下，我把工作安排妥帖了，才去了医院。

给我看眼睛的医生还是同一个，他不相信我的眼睛两天前还好好的，怎么一下子什么也看不见了，非常焦急。

医生初步诊断为急性视神经发炎，并告知我要做好心理准备，先住院打吊针，看病情状况第二天再决定是否转院去上海抢救。

这是我平生第一次真正住院，我成了一个名副其实的病人。

家人为我的病情提心吊胆，相反，我内心十分平静，甚至做好了最坏的打算，大不了向贝多芬学习。

在住院部打了近一天一夜的吊针后，第二天凌晨4时左右，我一觉醒来，其实那夜我根本没怎么睡着，已能看清楚床头柜边上的编号了。我重见光明了，顿时有一种重生的感觉。

这一切，要感谢现代医疗技术先进，更要感谢我的这位救眼恩人——方健医师。

2006年春节期间，我才从方医师处得知，如果我的眼睛再耽误下去，一旦视神经萎缩，就算华佗再世也无回天之力。这也是命不该我做瞎子。

解散团队

春节过后我出院了，紧接着又投入紧张而忙碌的工作中，嵊州生命人寿营销部已正常发展了。我多次邀请绍兴中心支公司领导来新昌分区考察，上级分管机构经理也两次来新昌参观及开会，他们夸奖我们团队有凝聚力，决定委托我选一间面积500平方米的房子，作为新昌生命人寿机构的办公地址。

我把这个日夜盼望的好消息第一时间告知全体组员，大家欢欣鼓舞，终于可以结束长途奔波，不用再大清早去嵊州生命人寿开早会了……

正当我们着手筹建新昌生命人寿机构时，我接到绍兴中心支公司领导电话，叫我退掉已经找好的房子，说省级分公司发文停止在全省县、市级再建新机构。我再三确定此消息千真万确后，通知几个主任开了会。为了对新昌团队组员和客户负责，考虑到长期跨县交保单、理赔毕竟不方便、也不现实,在大家一致同意的情况下集体离开公司,解散新昌分区团队。

2006年初夏的一个下午,我同一个主管代表去嵊州生命人寿营销部办理了集体离司手续。

办完手续,在我们赶回新昌的路上,突然,晴天霹雳,狂风大作,接着乌云不知从什么地方飘来,惊雷震天响。不一会儿,雷阵雨倾盆而下。

也许老天也为我的"悲壮下场"发怒而抱不平了!

第十章

"土作家"出书

解散了寿险团队,离别了付出我大部分精力的生命人寿保险,我元气大伤,又一次面临"失业"。

自从工作重心转移到寿险业后,我一直在投入,收入很少,严峻的现实给了我重重的几巴掌。

面对残酷的现实生活,我只有暂时忍痛割舍"寿险大业之梦",重操广告业。

有一天,路过城西书店时,我不经意看到一本泛黄的名为"知青老照片"的书,随手买了回来,看了后,我产生了出书的想法,决定自费出一本《新昌企业老名片》的书。

自1986年以来,在近20年时间里,我一直同新昌的企业老总们在打交道,已累积了新昌企业界的厂长、经理名片近2000张。从中我挑选出了有代表性的企业200家,决定去采编、拍摄。

我草拟了该书的提纲目次,决定以老名片为主要载体,以图文并茂的形式制作这本书,同时还选了铜版纸彩印。本书的出发点是反映新昌企业的发展变化。

我时常早出晚归去采访、拍摄企业老板，回到家则拿起多年未写的秃笔，挑灯夜战，俨然成了一个"土作家"。

2006年盛夏，我骑摩托车穿行在新昌城乡间，行程达5700公里，堪比万里长征。不到三个月时间，"百日大战"告捷，完成了该书的采编、拍摄和写作工作。

该书于2006年12月份在新昌各企业内部发行，得到了社会和业界的好评，新昌新闻网、《今日新昌》相继作了长篇报道。

第三次创业 —— 创建广告公司

2006年底，我接手了一家面临倒闭的广告公司。

我终于又有了属于自己的广告公司，拿到了三本证 —— 营业执照、税务登记证和组织机构代码证，真可谓牌证手续齐全。

我可以放开手脚，名正言顺创业了，再也不必经历当初创办"保险超市"因"无照经营"在夜里做贼似的搬迁逃跑之苦……

开女装店

2007年夏，因家人要求，我又增添了一项新的事业 —— 开女装店。

我打算走实体经济发展的道路，广告公司和女装店双管齐下，互相依托。

这也是我第四次创业。

同年下半年，由于受"三角债"束缚，数十万应收款无力追回，我又走上了一条"硬发展"的错误创业之路，渐渐出现了财务危机。为解决经济周转困难，我误陷民间"高利贷"陷阱。

我把名誉赌明天

都说天底下败家的"捷径"莫过于赌博。而我是一个至今连牌桌前也没有去站过一分钟的人，更不要说懂什么牌九和麻将了。我是个不知赌和嫖的人，平时不抽烟，就喝点酒，在新时代人的眼中，已经"背时"了。

自从向熟悉的人借了第一次"高利贷"后，我不知不觉陷入了"败家"的陷阱，不能自拔。

我"穷忙碌"地拼命开拓广告公司业务，广告公司每月有利润产生，女装店第一年也获利。但创造的利润却敌不过"利滚利"的"高利贷"债务。

复利像个吸血鬼一样每时每刻在吸我的"血"。

但我仍存侥幸心理，觉得有数十万应收款可收，账面上仍有收入会平安无事的。我守信用按时付本金和利息给借款人，可欠我款的人，别说付我利息，就连本金也不还我。

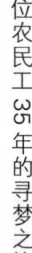

当时，我在新昌城黄金地段还有两套房产，有老朋友劝我先卖掉一套房子，还清"高利贷"外债。

可我固执地认为手头还有几单广告大业务在接洽，一旦成交，马上可还债。难道区区不到20万元的债务能把我逼死不成？又考虑到还在读高中的儿子，一旦让儿子知道老爸混得要卖房子了，会影响他高考，左思右想后，我决定暂时不出售房子。

实际上，向要好的亲朋好友无息借款并不难，可我是一个借人家钱不还就睡不着觉的人，觉得欠人情，还不如借高利贷，反正给人家利息的，没什么人情不人情了。

殊不知，我是用在新昌城关镇奋斗20多年树立起来的信誉赌明天、赌前程！

进入战时状态

2009年春节前后。

我一边卖命地开展广告业务，一边支付债主到期的高利息，每月还要偿还到期的本金，真是拆东墙，补西墙，好似进入了战时状态，静心工作已成奢望。

2009年9月，儿子已考入重点大学，我也累计打退了"高利贷"债主数十人次轮番的进攻。我开始实施下一步出售房子的计划，谁知广告登出后，来看房的人，讨价还价，我一时火起，又决定不卖房子了。

焦土抗"贷"

我继续头脑发热地做着劳民伤财的败家蠢事。经初步统计,不到一年的时间,因"高利贷"利滚利我已欠下近百万债务,成了一个标准的"百万负翁"。

我把自己的债务危机向个别朋友谈起,他们都大吃一惊,都劝我千万不能再这样折腾下去了,建议我抛售城区的两套房子,还一部分要紧的债,再带些钱到外地去做点小生意,等挣到钱后,再回来还债。

我第一次产生了"潜逃"的念头。

转而一想,农村老家还有年迈体弱的双亲,又不忍心离乡背井,远走他乡。

不想二老为我日夜担心,我没有告诉老人家我已身负重债。

但我心意已决,无论如何要先卖掉一套房子,于是,我把第二套房子腾出来作为工作室,做好随时出售的准备。

一个人倒霉时,说难听点,连想败家也不尽如人意,房子一时竟卖不出。

我又只能临阵抵挡一波又一波"高利贷"的围剿,截至 2009 年年底,我已累计调借"高利贷"近百人次,大部分月息超过银行贷款利息 10 倍以上,有的超过 15 倍,利息高达 90 万元,每天光付利息就有 3000 元,烫手的山芋怎么抛也抛不掉了……

夺财日

2009年农历腊月下旬,又到了一年一度偿付"高利贷"本金及高利息的"高峰期"。

我当时已有点厌倦去调借"高利贷"了,情况也已经快到"一根稻草压死骆驼"的地步。

我时常在家里面壁思过,想念以前"无债一身轻"的时候,突然感到生活一片灰暗。

为了不连累家人,我的第二次婚姻以"和平分手"结束。当然我也没有留给妻子一点债务。

腊月廿一下午,我回收了广告业务款及个人应收欠款共6万元左右。中午离家前,我有意从抽屉里拿走了身份证,做了随时"跑路"的准备。

下午4时左右,我孤身一人站在城北104国道上,看着年底南来北往飞驰的汽车,又看看这个我生活了26年的新昌城,还是硬着头皮回了家,我知道自己对这个城市依然很留恋。

在回家的途中接连接到几个"债主"讨利息的电话,债主们好像都约好了一样,电话一个接一个。我还没到家,就把6万元"逃命钱"全部用来付到期了的"高利息"。

我一下子没胃口吃晚饭了,两耳轰鸣,两眼昏花,一种虚脱眩晕感袭来……

第一次"长征"预演

腊月廿六下午,离除夕还有4天,人们都在忙碌地置办年货,忙着返乡过大年。

噩梦醒来已是半夜,我突然醒悟过来,这"利滚利"的混账日子不能再过下去了,就草草拿了生活必需品,带着几百元钱,仓促打的到邻县嵊州客运中心,又乘快客到绍兴汽车东站,再转乘火车,连夜到了杭州。

下火车时,天气晴好,不知怎的,天空突然电闪雷鸣,冬雷惊天动地,紧接着雨点落下。我只好到火车站一楼四面通风的旅客临时通道躲雨。

啊!又在人生低谷时,遇到了突如其来、非同寻常的雷阵雨。

看着火车站里一年一度的春节返乡潮,特别是农民工大包小包的携儿带女高高兴兴赶回家过年的场景,而自己却离家外逃,我狠狠地打了自己一巴掌。

第二天一大清早,强冷空气南下,天空乌云密布,淫雨霏霏,我顶着寒风冷雨乘中巴车到了嘉兴市桐乡客运中心。

走进客运中心的洗手间,一照镜子,天哪!不到一天一夜的时间,我好像老了十岁,满脸胡子,我都快认不出自己了。

真是祸不单行,痔疮老毛病经长途奔波、劳累,爆发了,一下子血流如注。没有其他办法,我只能蹲在卫生间里待血流量慢慢减少。

当我走出卫生间，挑起两大件行李往车站售票厅去时，感觉天旋地转，方知自己已有一天没吃饭了。

我站在桐乡汽车站售票处前看电子屏上的发车信息，整整犹豫了两个小时，不知道下一站该去何处。

中午在小卖部吃了一个五芳斋粽子后，我随便买了张去湖州的车票。

下午15时左右，我在湖州汽车站下车，天空已下起雨夹雪。我本想乘公交车到湖州市区，可一走出车站，西北风迎面而来，吹得我满眼是泪。我又走回售票厅，一看，还有末班车去安徽广德，又临时决定去广德。

雪夜奔安徽广德

十二月廿七傍晚时分，快客到安徽广德县城郊停下，我下了车，夜幕早已降临，广德上空已是漫天飞雪。

雪夜的郊区没有一个行人，道路上的积雪已有十多厘米厚了。我一时分不清东西南北，重新挑起行李迎着风雪向有灯光的县城方向行进。

两耳嗡嗡似飞机开过的轰鸣，刺骨的寒风吹进单薄的衣服内，我浑身发抖。我拖着沉重的双脚在雪地里深一脚浅一脚地吃力地走着，真是做梦也想不到，除夕前的大雪夜，我会孤身一人行走在逃亡他乡的路上。

大约走了 40 分钟后，我终于在广德的城乡接合部找到一家小旅社住下，住宿费只要 20 元。

我在登记处的小卖部里买了一桶方便面，就上二楼一个很小的房间安顿下来。

房间又矮又小，窗户的一块玻璃已破损，西北风像生了眼睛似的从洞里钻进来。棉被太单薄，我就穿着毛衣上了床，累得连脸和脚都没洗就朦胧睡去了。

我从乱梦中醒来，一时还不知道身处何地，等脑子清醒后，泡了方便面充饥，此时，已睡意全无了。

我坐在床上左思右想，觉得这次临时"跑路"没有通知老家父母及儿子，他们必定会牵挂，他们肯定还等着我回家过年呢！而自己身体已经透支，说不定会命丧天涯，就拨通了友人的电话准备再次借"高利贷"8 万元左右，偿付部分债主到期的高利息，然后赶回新昌过年去。

除夕送高利息红包

十二月廿八上午，我冒着纷纷扬扬的大雪从广德乘快客到杭州，又从杭州转车回到了离开两天两夜的新昌城。

在回新昌的长途汽车上，我又接连收到几个债主的讨债电话。出门虽只有短短的两天，我已真正体会到"出门半里，不如家里，金窝银窝不如家里钻草窝"。

大年三十，人家忙着过大年，喝酒，吃大菜，我却忙着上债主家送高利息"红包"，一下子就支出近8万元，自己只留下了3000元。直到新昌县城的除夕鞭炮声响起，我才乘车赶回乡下老家。

以前，每年的年夜饭菜都是我从县城采购回老家亲自做的，今年我已早早嘱咐父母要晚些回家，让他们先吃。父母还不知道我第二次婚姻已悄悄结束，看我一人回来，心中有些不解，我谎说妻子今年在城里娘家过年了。当然他们也不知道我已欠债"外逃"了两天。但我憔悴的面容，还是难逃二老的眼睛，他们直问我最近是不是身体不大好。

我一个人随便喝了半碗冰冷的黄酒，吃了几筷青菜，就算吃过年夜饭了，终了硬是把2000元压岁钱塞给父母。

尽管如此，我还是觉得自己在老家过了个团圆年。

第十一章

面对百万重"贷"围攻

2010年新春,正月初五,我告别年迈体弱的父母,离开了老家,重返新昌城,去接受新一年更严峻、更残酷的考验。

初九早晨,我出差去上虞、绍兴洽谈跟踪几宗广告业务。夜里接到弟弟来电,说父亲旧病复发,已去镇医院住院。正月十四,我又接到弟弟来电,说父亲需转到新昌县中医院住院。元宵节早晨我乘车赶回新昌,中午父亲乘中巴车到县城,我就直接送父亲到中医院办理了住院手续。

我一边照顾住院的父亲,一边见缝插针去开展广告公司的业务。要命的是,还要应付到期的本金和利息。

到农历正月底,我的债务已破了"百万大关"了……

狠心住院

每年的 4 月下旬，五一前夕，是商家大力打广告的黄金时间，也是开展广告业务的黄金时间。我的广告公司兼办有一份 DM 直邮广告报，我决定在五一前多发行两期，以增加广告收入。

慢慢地，父亲的病情也稳定下来了，不久就出院了。

不料，我那不争气的痔疮老毛病又加重了。4 月 24 日一大早我就出门了，半路痔疮发作，塞在内裤里的数十张卫生纸被鲜血浸透，无奈我只能折回家里换裤子。

刚到家里不久，驾校的师兄凑巧来找我。他一进我房间，看到我脱下的血裤，大惊，问我是不是哪里受伤了。我说是痔疮老毛病，没有关系的。

师兄狠狠地骂我，痔疮这么严重了，还不去医院治疗。他说自己近期心脏有点不舒服刚好要去医院看一看，让我下午一道去医院查一下。

我答应了师兄的要求，上午去处理了有关广告业务后，下午就同他一道去了医院。新昌人民医院肛肠科专家初步诊断我得了痔瘘，需要住院。这是我人生中第二次住进县人民医院。

早已成为一个单身汉的我独自去医院办了住院手续。当天下午，医师说要"灌肠"，我喝了五大瓶开水泡的泻药后，不到一小时，果然有腹泻感，急忙去卫生间方便。

方便后，我又在护工的带领下去做肠镜，做肠镜的医师看我只有一个人，说一定要家人陪同，没办法我只好找来弟弟帮忙。

住院第二天上午医院安排了手术，医师要求有两个家人陪同。此时弟弟已返回乡下，我只好打电话请两位朋友来医院照顾我。

被推进手术室后，麻醉师在我后腰下打了一针麻醉药，腰以下就没有知觉了，但我的脑子依然清醒。

手术完毕后，两位朋友把我抱上手推床，推到了住院部，接下去就是打吊针。

手术前医师就告知我，麻醉后，可能小便有麻烦。下午2时左右，我去卫生间小便，果然一点都解不出来了。越想解就越解不出来，真是难受死了。

护士告知我，手术后6小时头不能动，身体也不能动，不然要留下后遗症的。我不听劝阻，多次起床去卫生间，小便仍无法解出来。护士问我要不要插导尿管，我又不想插，一直憋到晚上实在无法忍受，才叫医师插上导尿管。

住院第三天，我本来无大碍的身体，在医院两次折腾，好像散了架似的，面色蜡黄，整个人不成样了。

手术后第四天上午，为了省钱，另外又有到期的"高利贷"五一前要急付，我擅作主张出院了。

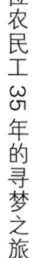

午夜救母

因为手术后病情未稳定我就提前出院了,导致肛门伤口感染,我狠狠心吃点药就作罢了。

2010年5月上旬的一天,父母当时已从乡下来弟弟新昌城里新家接送孙女上幼儿园,母亲的老毛病又犯了,在社区医院打了几次吊针不见好转。母亲的身体一下子十分虚弱,几乎连吃饭的力气也没有了。

我同父亲说好,第二天送母亲去中医院住院,回到家不久,就接到父亲打来的电话,说母亲不行了。我连忙飞奔下楼赶往弟弟家里。

我委托小区保安帮我代打120,就径直上楼,一进屋看到母亲已昏迷在沙发上,便不顾手术后伤口的疼痛,抱起母亲火速下楼。不一会儿县人民医院120急救车到了。

过了午夜,母亲转入重症病房……

最后的"烧钱"

母亲转入重症病房后,一切事情就交给护士们了。

我这次手术后,肛门停止了大量流血,也许是虚火上攻,多年没痛过的两颗蛀牙又开始痛了,一到晚上,就痛得更厉害。

我不顾手术后伤口的感染和疼痛，拼命开展广告工作，同时应付轮番到期的"高利贷"。

面对高额的利息，我实在没有办法了，只能开口向亲友借钱，当然这是无息的。亲友们都是工薪阶层，一借方知，他们一个月辛苦挣来的两千多元钱，还不够我付一天的高额利息。

想到要拿着亲友们辛苦挣来的钱偿付高额利息，我开始心疼起钱了。我发誓再不能害亲害友害自己了，这时有亲友又劝我干脆一走了之得了。

2010年5月下旬，母亲已从重症监护室转到普通病房。

想到弟弟在乡下教书，妹妹又远嫁外地，自己身上虽有5万多元周转款，但总不能丢下老母在医院，逃离新昌城。为了坚守新昌城，我又付了5万多元高额利息给债主，这是我在新昌的最后一次"烧钱"。

噩梦醒来

也许近两年"鬼摸头"的日子走到尽头了，我终于意识到这样生不如死的混账日子再也不能过下去了。

我属虎，天生有虎的性格，不怕邪恶势力，不畏任何艰难险阻，更不怕流血和流汗。这些优点用于一个人的生活、工作是正确的，用来"死扛""高利贷"，却是大错特错的。

人家说，噩梦醒来是早晨，而我噩梦醒来却是半夜。眼前的世界处于一片黑暗中,但我的内心却有了些许光明,我告诫自己,从今以后,再不借一分钱的"高利贷"了。

5月28日上午,母亲冒雨出院回家。

5月30日夜晚,我忍着牙痛,口含一口白酒,去了一位以前做寿险的同事家。长谈起下一步路该怎么走,同事坚决主张我"走"。我回自己家后,又同邻居好友一边喝茶,一边商量如何收拾残局,邻居也主张我"走"。

这是一个不眠之夜。

第四部分

另 类 长 征

（2010年6月至12月）

【导读】

2010年夏天，为了不再害亲害友害自己，面对百万"高利贷"兵临城下，我再也无心、无力"恋战"了。

经过连续三次"长征"预演，我终于在倾家荡产后，于2010年7月16日身背余债带病痛负重恨别浙江新昌。全面实施人生非常岁月中第四次战略大撤退、大转移、大逃亡……

2010年12月28日，我结束了长达半年辗转于苏、浙、皖三省非人过的流浪、奔波及求职的辛酸生活，投奔浙北平原——嘉兴。

第十二章

西行义乌

2010年5月31日凌晨4时，经过一晚上激烈的思想斗争，我像打了一场恶战似的，拖着倦怠不堪的身体起床。

我把一些重要的工作资料从办公地搬回了家里，没有时间出售两套房子及转让广告公司了，就胡乱拿了几件四季衣裤，带着大包小包，仓皇"潜逃"。

那天早晨，我翻遍家里，找到连硬币在内不满30元存款，又向一位邻居阿姨借了100元钱就起程了。

我特地折到弟弟的新家，同病情刚稳定出院不久的老父母匆匆告别，谎说出差去外地，可能一年半载不回新昌了，劝慰二老不要为我担忧。

我含泪离别父母后，硬着头皮下楼打的到邻县的嵊州西站，转乘快客西行去义乌。

在车上我给几个朋友打电话，叫他们多少打点钱到我银行卡上，毕竟他们本身还欠我钱。

当天中午,我在义乌汽车站下车,然后直接打出租车到义乌新火车站。

一到火车站,我不禁回想起 27 年前的那个冬天,那是我初次到义乌乘火车去福建邵武等地打工。是时光倒流,还是我在做梦? 27 年后的今天,我竟然走上了一条逃亡之路,真是白活了 27 年。

我虽然"外逃",但坚持不关停手机。下午,我接到一个友人的来电,说已将千余元钱打进我卡里。

整个下午,我在义乌火车站售票厅呆站着,下一站向哪里去?我本想重去以前打工过的福建、江西,转而一想,时隔 27 年,一切都变了,去那里意义也不大了。

傍晚,临时决定北上诸暨。

北上诸暨

晚上,我乘火车北上诸暨。

诸暨,虽然与新昌县同属绍兴地区,可我也是第一次来这里。

一走出火车站,我就感到十分冷清,立马乘上出租车,叫司机把我开到房价 50 元以下的宾馆。

出租车司机在城郊一公路边的宾馆门前停下,我付了 30 元车费,径直走进宾馆,谁知最便宜的标准间也要 80 元,看看夜已深了,我就住了下来。

第二天,我退了房间乘公交车到诸暨市区,找到了一家小旅馆,那里每晚住宿费只要30元,我就在那里安顿了下来。

  白天,我收到了几个债主的讨债电话,他们叫我把快到期的本金和利息准备一下。我也实话实说,说在诸暨,但没有说已"外逃"。

  晚饭后,我去诸暨街上走走看看。街上的人们吃过晚饭后,携儿带女在散步逛街购物,广场上的妇女们跟着音乐在跳集体舞,生活十分悠闲、自在、幸福。

  想到自己在新昌城的27年,这样的日子一天也没有过过,一直在"穷忙碌",今天却沦落他乡,我又一次狠狠地打了自己一巴掌!

卜卦前程

  到诸暨城的第三天上午,我在街上闲逛,路过一巷口,在墙上看到"卜卦算命"的广告字,下面还有一个手机号码,一向不信这些的我,在走投无路时突然也会对此抱有希望,给卜卦先生打起电话来。

  通了电话后,我找到了卜卦先生的办公处,进去一看,一个年龄和我差不多的男子坐在写字台前,桌上放着一台电脑。我直接问卜一卦要多少钱,卜卦先生说要100元,我还到了90元。在当时身上不到1000元钱的情况下,这也是一笔不小的"投资"了。

  我自报生辰后,卜卦先生叫我拨弄了卜卦工具,随后他就自言自语起来,讲了几分钟停下问我,有否讲对,算准确。我说没关系的,尽管说好了。

  接着他又说我近两年简直不知道是怎样度过的。意思是说,我的生活过得实在太难了,充满凶劫,婚姻也很不如意。

卜卦先生也不想多说我的不是,我给了他90元钱,似笑非笑地离开了。90元钱,于我就当买了个慰藉。

我如游魂一样,毫无目的地在陌生的诸暨市区瞎走了一天。

晚上,我回到没有窗户的小房间,又给新昌个别已知道我外逃的朋友打电话,我说明天想回新昌,朋友电话中劝我千万不能回来,可我内心已打算第二天返回新昌城。

这次到诸暨,我也没有去找工作,只是毫无目的地转转看看,本意是想来"踩点",看看今后诸暨是否可以作为我生存的"落脚点"。

6月4日下午,我的脚不听使唤地走到了诸暨客运中心,一看还有一趟末班车到新昌,我二话不说就购票跳上了回新昌的快客。

捐款修《梁氏家谱》

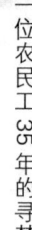

我又返回了熟悉的新昌城。

首先我去了弟弟在新昌的新家,看望了父母,他们看到我回来,脸上露出了笑容,问我这次回新昌是不是不再外出了,我说过几天再说,父母脸上又写满了忧愁。

回到家,我给阳台上多日来未浇水的花木洒了水。家,永远都是温暖的港湾。

农历五月初二,老家举行《梁氏家谱》重修后的发行典礼,有关会场布置等等是我委托一个广告界朋友代办的,我当时已准备随时逃离，没有精力亲自参与了。

之前，我也参加了家谱的有关摄影工作，也算为自己的家族出了点绵薄之力。

那天我已囊空如洗，所有的钱都成了"高利贷"的炮灰，连2000元的捐款钱也没有了。我打肿脸充胖子，向友人借了2000元用来捐款。前几年老家修公路我多少也捐助了，我出门在外多年，也是一个爱面子重情义的人。

这天中午，发行典礼结束后，村中摆了数十桌酒席，家族中有些人是远道赶回村的，十分热闹。村里规定每户派一人参加午宴，我也强颜欢笑和久别重逢的老乡一一干杯。

午宴后，我把一本赠送的《梁氏家谱》放回老家，中午同父亲在老家匆匆面谈几句后，就返回了新昌城。

殊不知，这是我最后一次同父亲面谈，也是最后一次看到老父亲……

我虽然重新回到了新昌城，但经过了第二次"长征"预演，生活工作的节奏已完全被打乱了。

第十三章

兵败如山倒

参加了老家《梁氏家谱》的发行典礼,也算是完成了此次回新昌的一项任务。事后,也到了我必须做决定的时候,我是继续在新昌城生活战斗下去呢,还是第三次"逃离"新昌?

6月7日夜,我打算向有关企业老总"求助",以抵挡下一波"高利贷"债主的围剿。后来想想,这不是解决问题的最终办法,过得了今天,过不了明天,为了保护自己在企业界留下的信誉和尊严,我放弃了这个有点愚蠢的想法。

走也好,留也罢,唯一的财产——两套房子无论如何是保不住了。我一边委托房产中介公司出售房子,一边委托亲友帮忙留意合适的购房者,不知怎的,几个有意向买房的人总是三心二意。

本想把办公用品等主要物品用货车搬回老家,可为了节约千余元搬运费,我狠狠心什么都没搬。

想当年,为了在新昌城有一席之地,我曾付出了多少心血和努力啊!想不到今天连败家也不能称心如意,真可谓屋漏偏遭连夜雨,破船又遇顶头风。我一时卖不出房子,更无心转让广告公司了。我把两套房子内的东西和广告公司设备都送给了一个老乡,叫他挤出时间去腾空房子,以便随时出售。

6月16日下午,我最后一次在自己的房子里,给伴随自己十多年的几盆花草多浇了些水,深怕它们被夏天的太阳晒干。花草毕竟也是有生命的,但愿房子的新主人也是个爱花草的人,可使这些活了多年的花草不成为"弃儿"……

我写了最后一页"生活随笔录",永远地离开了我新昌城关镇的家。

第三次"长征"

自6月4日晚上从诸暨重返新昌城,我度过了如坐针毡、度日如年的12天。

6月16日傍晚,我又携带了已准备好的两大包行李,准备离开新昌城区。

临行前,同父母告了别。母亲看到我又要走了,布满皱纹的脸上都是无奈和忧苦。我依然如往常一样安慰二老,叫他们放心,不要担忧。可在老母亲眼里,我永远是个长不大的孩子。我不敢想象母亲如果知道自己人到中年的不孝之子人生道路竟然走到如此地步,心里会是什么样的滋味!

2010年6月18日上午,我把城里及乡下老家房子的钥匙交给了老乡，并全权委托他出售房子。

前几天我在一个老厂长那里借来的1000元钱，还剩800多元。老乡送我到104国道嵊州交界地段，分别前，他叫我关掉手机，一走了之算了，免得债主来电骚扰。

我狠心关掉用了14年的手机，这正式宣告我"跑路"了。

可以想象，不到一星期，老梁"跑路"的特大新闻会像一颗炸弹在新昌城爆炸。我苦心经营26年的良好信誉也将化为乌有。

当天下午我到了上虞汽车东站，把大件行李寄存在寄件处后，只身背了一个大皮包前往上虞浙东石狮商贸城去跟踪春节前的一个金额较大的广告业务。倘若能顺利接下这比业务或许还能扭转败局，可商家已决定另换其他广告媒体了。

无奈，回到上虞汽车东站，却不知该何去何从。突然想到宁波有两个"五·七"高中的老同学，索性就去宁波吧。

关掉了手机，跟与世隔绝没有两样。

傍晚，我在宁波汽车南站下车，用公用电话给老同学打了个电话，终于和他联系上了。

晚上老同学给我接了风，并安排了豪华大房间住宿。

第二天早上，我退了房间独自一人去宁波城区转了一圈，晚上住宿在宁波汽车东站边的一个小旅馆储藏间，一晚25元，没有电视机。

我在宁波转了几天，也去劳务市场看过，但无意找工作，就去老同学办公室拿了行李准备离开宁波。

6月23日夜晚，我在宁波火车南站售票处前犹豫了几小时，本想乘火车去重庆、成都，把落脚点定在西部。后来考虑到西部地区毕竟较落后，去那里语言不通不好交流，就放弃了。

徘徊中突然看到播报火车班次的电子信息屏上出现六安两字，心想六安这个名字很吉利，说不定在那里我能安居乐业，就这样我去了六安。

从甬城向皖西转移

列车夜里21:30分从宁波站出发，经过长夜行驶，于6月24日上午8：30分左右到达六安站。

下了火车后，我乘公交车到了六安市中心，找了一家家庭旅馆安顿下来。容不得长时间休息，第二天我就肩背皮包开始考察起六安市的就业情况来。很快，我找到了一家人寿保险公司，就上楼毛遂自荐。

谁知办公室一位女同志一听我的口音是外地人，直接对我说，他们只招本地人，不招外地人。我第一次感到自己成了一个"外地人"，心里凉凉的。

整个下午，我就在陌生的六安市区闲逛，遇到过一家有点规模的广告公司，但老板外出，没有机会面谈。

晚上，我喝了一小瓶六安本地产的白酒，吃了两个小菜。六安的夏日天空格外蓝，凉风习习，我在晚霞照射下的六安市大街上漫步，欣赏着六安的风土人情。我漫无目的地走着，口中竟轻轻地唱起了越剧——我的家乡剧。

回旅馆的路上,我在报刊亭买了一份《皖西日报》,看到了合肥人才市场有现场招聘会的信息,于是决定第二天去合肥。

合肥求职

6月25日中午,我乘动车到安徽省城——合肥。

为了方便第二天一早去合肥人才市场找工作,一下火车,我就从合肥火车广场乘公交车到了离人才市场较近的地方,并在那里找到了一家小旅馆住了下来。

下午,我先去人才市场周围熟悉了一下环境,考虑到找工作需要求职简历,就坐在人才市场门口石阶上拿出一张纸写了一份个人简历,我把49岁之前的人生经历缩写在一张纸上,并去复印店付印了十多份,以便投递给多家单位。

晚上,我去了合肥城区,我入住的地方可能是老城区,夜晚十分冷清,街上行走的人好似乡下农民,远没有六安城区热闹。

我经历了平生第一次人才市场的现场招聘,而且还是在陌生的安徽省城。

我成了求职者中年纪最大的一个,好几家招聘单位的工作人员以为我是来给子女求职的,都劝我叫子女自己来现场找工。是啊,有谁会相信一个年过半百的浙江人来安徽求职呢?

跟几家单位面谈了一下,我的短板也显露出来了——没有学

一位农民工35年的寻梦之旅

历,"高龄",最要命的还是我那一口浙江新昌方言让招聘人员听得一头雾水。

尽管我有手写的"个人简历"复印件,还有随身带去的两本自己策划、编辑的书、一本打印的《寿险入门》简易教材,但招聘人员一看我的年纪,一听我满口的方言,就把我拒之门外。

上午的现场招聘会匆匆结束了,我像一个泄了气的皮球,坐在合肥人才市场门口的石阶上,看来,我已被这个快节奏的时代淘汰了,我顿觉前程渺茫。

6月27日一大清早,我又去合肥人才市场。恰巧有几家传媒广告公司要招聘广告策划及编辑,我拿出自己的几本"广告书",招聘单位看完书后,问我会不会电脑设计、打字,我说不会,这样我又被拒绝了。可我仔细一看工薪,即使被录用,月薪也只有1500元左右,有些岗位只有1200元左右。我这才如梦初醒,竟然有这么低的工资,一个月的工薪还不够付自己以前一天的高额利息。于是,我开始节约用钱了。

中午,正当我垂头丧气坐着发呆时,一个40岁左右的中年男子,一身保险员工的穿着,问我是否愿做保险营销员。我连忙惊喜地站起来,自我介绍,说自己以前做过保险,并把从业人员资格证书和自编的《寿险入门》的教材给他看。

这位中年男子姓王,在合肥一家刚筹备的寿险公司工作,说中午就带我去公司参加一个新人招募宣讲会,让我填表格后就去面试。

可在面试时,面试的经理一听我的方言,就知道我是浙江绍兴人,上网一查我的保险资格证书,发现我还是原保险公司的员工。由于寿险业有明文规定,在原保险公司没有办理离司手续,就不能加盟新的寿险公司,所以,招聘经理善意地劝我还是到绍兴本地发展好些。

把我带去的王主任再三向经理求情,看在我是位老寿险营销员份上让我先试用一段时间,我不想为难王主任,叫他不要再求情了。王主任无奈地送我离开,伤心地和我握手道别:"我们合肥失去了一个寿险人才,太可惜了……"

再见合肥

当天下午,我连午饭都没有吃,就回到小旅馆退了房间,乘公交车到了合肥火车站。

身上只有300多元钱了,我必须尽快找到一份工作,不然,真要乞讨他乡,饿死街头了。

六安的毛遂自荐碰壁、合肥人才市场的求职失败,告诉我安徽不适合我生存。

于是我冒着炎热,又饥又渴地到达了合肥火车站。我考虑到自己不会讲普通话,不能再向北方转移了。而向西是皖西南和江西方向,也不行,于是决定向东南方向前进。恰好在售票厅电子屏上看到了昆山这个城市。

昆山位居全国百强县(市)榜首,经济发达,找工作相对容易些,就这样我把下一站目的地定在了昆山。

不料当天夜里已没有直达昆山的列车了,我只好去南京中转。

南京站中转

我第一次踏上了六朝古都 —— 南京。

我对南京向往已久,南京长江大桥、中山陵、玄武湖、中华门、雨花台已近在咫尺了。

当双脚真实地踏在这片土地上时,才发现自己早已没有看风景的心情。我是一个"逃难"路过南京站的过客,只待日后有机会重游南京古城了……

午夜,我乘上了去昆山的列车。

第十四章

苏南昆山求职

买不到坐票,我一路站到了苏南昆山。

走出昆山火车站,淫雨霏霏,我看看一时雨不会停,就走到售票处前的天桥下面避雨。瞌睡虫阵阵袭来,我简直连走路时也能睡过去了。

在天桥下一处较干燥的地方,我先放下大件行李,然后在水泥地上放了几张报纸,倒地就睡。

倦睡了一个多小时后,我冒雨去寻找昆山市的人才市场。中午前,我转乘了两趟公交车,才找到了昆山市人力市场,不巧,这天没有现场招聘会。

我只好再乘公交车到昆山市区,在昆山老汽车站边一家旅馆住了下来,并去公共卫生间洗了多天未洗的身体和衣服。

自从在合肥求职碰壁后,我几乎每天只吃两顿饭。下午休息几小时后,就到街上吃了碗炒饭,晚上去昆山市区转了一圈。

第二天一早,我就转乘两趟公交车去昆山人力市场。一到那儿，就看见场外排起了长龙似的队伍，一打听，他们是在排队领"入场券"。

除了在车站售票厅排队购车票外，我还真没碰上排队领号求职的。

站在青年男女中，我一个年近半百的老大伯同他们争饭碗，心里真不是滋味。

看着眼前这光景，我仿佛又回到了32年前离开校门时的那一刻，一切从头开始……

我在场内转了一圈，发现粥少僧多，大大小小招聘单位不到100家，可来应聘求职者有千余人。同我一道进去的几个青年，不到5分钟就走出场馆，跟走马看花似的。

我在每个摊位前认真看岗位说明，一圈看下来几乎没有一样工作适合我，行政办公类工作有学历、年龄限制，机械类工作我又一窍不通。

倒是两家人寿保险公司给了我面试通知书。

我选了华夏人寿保险公司，面试我的总监年龄同我差不多，是个女同志。面试通过后，她叫我从业务员一步步做起。

寿险营销员拿绩效工资，没有底薪，而我急需的是一份可解决食宿的工作，因为我只有200多元钱了。我婉言谢绝了华夏人寿保险。

离开华夏人寿保险，路过昆山市新华书店，我进去翻阅了几本介绍昆山的书，从书中知悉昆山仅有全国万分之一的土地面积，却创造了全国2%的GDP产值，实在是一个奇迹，不愧为全国百强县

(市)之首。

难道创造了经济奇迹的昆山,竟没有我老梁的立足之地吗?

第二天上午,我振作精神,昂首挺胸再次走进昆山人力市场。

中午快散会时,我看到一家招聘单位招仓库管理员,每月工资1500元,提供中、晚餐,有集体宿舍。我就拿着个人简历给一位中年男子,他看了我丰富的人生经历后,劝我还是自己再创业,从小的事业一步步从头做起。我说眼下已没有资金再创业了,还是先找份工作再说。我知道人家是嫌我年纪大,礼貌拒绝我呢!

招聘会散场后,我又站在场馆外面的橱窗前看招工广告,依然没有找到适合我的岗位,那就离开这里吧!

那天下午,骄阳似火,我为了节约2元公交车钱,迎着下午3时左右的斜阳,挑着两大袋行李有气无力地走走停停,步行了2小时终于到了昆山火车站。

惜别昆山

我是满怀希望到昆山来捞金的,想不到百强县昆山也没有我的容身之地,我顿感前程灰暗,心急如焚。

我又饥又渴又累地躺在刚到昆山时睡过的天桥下面,思考着晚上的去向。

不知不觉又睡过去,一觉醒来,已灯火通明,才意识到奔波一天中饭也忘记吃了,便去小卖部买了方便面充饥。

本想去大上海看一下，考虑到已经在安徽、江苏求职碰壁，恐怕在上海一时也找不到工作，到时又浪费时间，又浪费钱，不如南下返回浙江杭州。杭州毕竟是浙江省会，对一个浙江人来说语言交流、找工作多少也方便些。

我是乘后半夜凌晨4时左右的火车离开昆山的，不知怎的，心中仍十分难舍昆山，总感到南下杭州有一种说不出的不祥预感。但我又不得不离开昆山，走过全国那么多城市，我对昆山最为留恋。

也许是昆山的开放、包容让我看到了人生的希望。

别了，昆山。再见了，昆山！

第十五章

南下杭州

2010年7月1日上午,我乘火车到了杭州。一跳下空调车厢,走出杭州南站,一股热浪迎面袭来,顿时汗水涌出,湿透了衣服。

我在公共卫生间洗了脸,刷了牙,问了下人才市场地址,就动身找起工作来。来到人才市场,发现关着门,就看了下招聘会的时间。下午我就一直挑着行李在萧山市区漫无目的地奔走,走累了,就在街边石阶上睡一会儿。

我去银行营业厅取出了总共不满200元的零钱,紧握着几十张10元面值的人民币,开始计划怎么节约用钱。同时我也迫切需要一份工作。

当天夜里,我又返回萧山火车站广场,准备露宿广场。

露宿萧山火车站广场

在公共卫生间简单洗漱了一下,我便在广场附近的一棵香樟树下扎营了。

刚坐下不久,肚子咕噜作响。下午三点左右我在沙县小吃吃了一碗青菜面,为了节约用钱,就不吃晚餐了。饥了,渴了,就咽咽口水。为了保存体力,我尽量不走动,半睡半醒靠在行李包上打盹。夜幕降临,蚊子出来活动,嗡嗡嗡地一个劲在我耳边飞。

我干脆站起来走走,以免蚊子打扰。看到广场小卖部有台公用电话机,想起自从6月18日手机关机,出来已有半个多月了,该给家里打电话了。我用公用电话给家乡好友打了个电话,得知父母已康复回老家,债主找不到我人跑到老家找我,挂出去的房子可能近期可办理过户手续……

一挂电话,天啊!要19元。我吓了一大跳,19元钱,够我一天的伙食。

萧山、杭州找工作

7月2日凌晨4时,未等天亮我就在广场不远处吃了早餐,准备步行到萧山劳务市场找工作。

到达萧山劳务市场,还不到 7 点,馆场大门紧闭。但劳务市场石阶上、走廊上,已坐满了农民工兄弟,他们身边放着大包小包,一看就知道昨晚睡在这里。

等了很久也不见开门,才知道今天是周六,劳务市场不开门。人群中有人说杭州市人才市场有单位在现场招聘。

我当即乘公交车去了杭州人才市场,我把两大袋行李放在人才市场一楼的一块广告展板后面,背着皮包飞奔上三楼、四楼招聘现场。

而招聘会已快散场。

我睁大眼睛在每家招聘单位的广告板上看了又看,竟然没有一个适合我的岗位。相比合肥、昆山人才市场的招聘单位,杭州招聘单位,对应聘者要求更高些。

中午,招聘单位工作人员开始吃起外卖来,我就下楼挑起行李去武林路。在武林路火车票代售处门口石阶上我放下行李,坐下休息。

我已经忘了去看时刻表了,也没有钱远走高飞了。从宁波到安徽六安、合肥,再到江苏昆山,又回杭州,一路的无奈。

按时吃中饭对我来说太奢侈了,近十天我没有吃过一顿快餐,常常在路边小摊随便买几个包子就算了。沙县小吃的青菜面对我来说就是一道美味。这些天来,我喝的是卫生间的自来水,或是车站候车厅的免费开水。

我坐在繁华的武林路上,思绪万千。啊,多少次我出差到杭州,见证了这个城市日新月异翻天覆地的变化。今天,我却以一个流浪

一位农民工 35 年的寻梦之旅

汉、"逃难"者的身份来到杭州,个中滋味与谁说。

极度的困乏让我很想就地躺下,哪怕睡一刻钟也好。为了不影响市容,我强打精神坐在路边打盹。

一个下午就这样过去,太阳下山了,我又要为晚上的住宿做准备了。

这时,火车城站成了我的家。

我的"家"——杭州城站火车站

城站火车站,历史悠久,是杭州最早的火车站。当时,城站火车站周围正在建设地铁。

我在城站对面小吃店花了两块钱买了两个萝卜丝包,就当晚餐了。两个包子只填了肚子一角。在半饥饿中我挑着行李在一楼通道东走西逛,消磨时光。

午夜来临前,铁路快运部已关门下班,我选了一个转角处作为"住宿处"。

我刚躺下不久,身边一个60岁左右的农民老大哥就把我叫醒了,我给了他一张报纸,叫他一起坐,夜里也可以做个伴。

被叫醒后,我睡意全无,索性坐起来,两人闲谈了几句,感觉似曾相识。

这位大哥系江西老表,今年60岁,晚上从无锡乘火车来到杭州,准备明早再转火车去宁波找工。听他说,年纪大了,建筑工地的体力活已吃不消干了,想去宁波找一份保安、门卫类的轻松活干。

我劝他年纪大了,还是回家种点田算了。他不好意思地说:"我已有30余年没有回老家了。"我很不解:"难道你家里人不想你吗?"老表面无表情地说:"没有什么家人了,我到现在也没娶老婆。老家的老房子也倒塌了,已无家可归了。"

我再仔细一看他的全部家当,一根竹棍,一个盛着行李的大蛇皮袋。他那饱经风霜的脸上布满了沟沟坎坎,一双长满老茧的双手告诉我他应该是一个勤劳的人。可为什么打了30多年的工还是光棍一条,蛇皮袋一个? 正在我百思不得其解时,老表又叹气道:"外面的钱也不好挣,干了30年至今也没有什么积蓄,也没有机会接触女人,就把婚姻大事耽误了。"

正当我们聊得起劲时,旁边又来了一个衣着光鲜的30岁左右的男子,他背着一个皮包,皮鞋擦得很亮。他快言快语,告诉我们他是安徽阜阳人,老婆红杏出墙,就赌气出来走走,散散心。我作为过来人,劝他为了孩子,冤家宜解不宜结,双方冷静一段时间,再和好。

凌晨2时左右,大家都说得有点累了,就做伴席地睡去。

第二天一大清早,我们各奔前程。我乘公交车又返回了萧山,挑着行李在萧山大街上走走看看,想着说不定能碰上哪家公司招工。

果然,上午11时,我路过一家广告公司,门口写着招工字样,我就毛遂自荐,一青年女子听我介绍后,叫我在办公室先休息,她去通知老板。

半小时后,老板回办公室,一番介绍后得知老板系绍兴诸暨人,与我同年,也是"五·七"高中毕业的,现在萧山有三家公司。他看了我皮包里几本自己策划、编写的"作品",认为不错,有创意,并提出要求复印我书中一篇文章。我完全同意,只可惜身边仅有一本,不能赠送。我喝着热腾腾的飘着清香的龙井茶,感觉这样的日子离我已经好远。

交谈了不到半小时,我看看中饭时间已到,也不想打扰人家,就直问可否安排一份工作。老板礼貌地对我说:"本来可让你在一家分公司做培训师,可你的普通话实在太差劲,我们公司的员工来自五湖四海,怕听不懂你的方言。"

他的意思我明白,我起身告辞,离开了广告公司。

下午路过萧山长途汽车站,脚又不听使唤地走进了售票处,看到有去绍兴柯桥的车次,我就乘上快客去了柯桥。

第十六章

转回绍兴柯桥

2010年7月10日傍晚,我到达绍兴县柯桥。

柯桥,已成为绍兴县所在地,如今已被称为金柯桥。

一到绍兴柯桥,我感觉像回到了老家。

我从绍兴县汽车站转乘公交车到达柯桥市区,步行到一条休闲街时,已是灯火通明。我闲坐在休闲街花坛边的一条长木凳上,望着打扮得花枝招展的姑娘们,穿着休闲装无忧无虑散步的人们,思绪万千,原本我也可以有自己的家,有这样的生活……

1988年,我从新昌来柯桥拉电视广告业务,当时的柯桥不过是绍兴县的一个乡镇,破破旧旧。可如今这里高楼林立,霓虹闪耀。

我呆坐了两小时,才想起晚餐没有吃,就挑着行李去找点东西填肚子。可走了近一小时也找不到便宜点的小吃店,实在饥渴得慌,就在一家小商店买了桶方便面,向店主讨了开水泡着吃。这就是我一天的中晚餐了。

吃了方便面后,我又继续漫无目的地向前走着,不知不觉走到

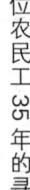

一座廊桥上，上面书写着"柯水如金，万商云集"八个金光闪闪的大字。我走上桥一看，桥上还有商店、报刊亭和茶室，于是我决定就在廊桥上过夜了。

我坐在廊桥上，欣赏着月光照耀下的河面，星光点点。夜风习习，十分凉快。桥上已有几个流浪汉光着膀子躺着在休息，同是天涯沦落人，他们多少可跟我做个伴。

我把行李袋用绳子捆扎在自己的腰上，将一根竹竿子放在身后长凳上，当防身武器。

午夜后，桥上不时有三三两两的人走过，大多是恋人。整晚有蚊子嗡嗡叫，我一直没有睡熟过。

凌晨4时，东方已泛起了鱼肚白，我坐起来，看东方日出，迎接新的一天黎明晨光的到来。

我在桥头的公共卫生间刷了牙，洗了脸，吃了点早餐，就去寻找柯桥的人才市场和人力资源市场。自从到江苏昆山、杭州萧山求职后，我才知道人才市场是有大专以上学历的人求职找工的地方，人力资源市场和劳务市场是农民工求职的地方。

我先找到了人才市场，那里关着门，又转乘多趟公交车到绍兴柯桥人力资源市场，照样没有现场招聘会。

午后，我挑着近百斤重的行李步行在金柯桥大道上，烈日当头，汗流浃背，额头上的汗水流到眼睛里，又咸又辣。走在这条金柯桥大道上，我却看不到人生的方向……

从中午一直步行到下午3：30分左右，我早已口干舌燥，突然发现前方有一个汽车站，便加快步伐赶到车站的卫生间，狠心扔下行李,猛喝了几大口自来水。

休息片刻后,我去售票厅看了看,还有一趟去我们邻县嵊州的末班车,我拿出口袋里所有的钱,买了一张去嵊州的车票,买完车票口袋里就剩两个一元硬币。

潜回新昌城

7月11日傍晚,我乘快客到达了嵊州客运中心。夕阳已西下,但白天的余热还没有散去,一下汽车,喉咙干得跟冒火似的。我拿出一元硬币买了一支白糖棒冰。这是我入夏以来,第一次如此奢侈买棒冰吃。我又用最后一个硬币打电话叫老乡来接我。

这天晚上,我就住在老乡新昌城郊的家里。

晚餐喝了白酒后,我又吃了两大碗米饭,老乡简直不相信,我出去只有20多天,胃口一下大了这么多。和老乡从小一起长大,我也不怕难为情,放开肚子吃饱为止。

晚餐后,我冲洗了多天没洗的脏身子,更换了夏衣裤。在老乡家的阳台上,我俩一边喝着茶,一边叙谈着这些天发生的事情,而我下一步的打算始终是商谈的重点。

一直商谈到凌晨两点,我才上床休息。

接下来的几天,我集中精力办理了新昌城区两套房子的出售事宜……

2010年7月16日上午,我在老乡的帮助下,廉价出售了县政府边上繁华地段的两套房子,房款全部用于还债。只可惜壮士断腕,为时已晚。

中午来临前,我用老乡的手机联系了弟弟,弟弟赶来老乡家里,硬要给我千余元钱,我只拿了500元钱,略谈几句后就分别了。老乡开车送我到104国道新昌同嵊州的交界处,我们俩在国道边的小吃店吃了顿饭,我喝了碗散装的绍兴黄酒,同老乡再次分别。

第十七章

倾家荡产,恨别新昌城

2010年7月16日是我人生中一个重要的日子,我把这一天称为真正的"长征日",它是我开始第四次"长征"的纪念日,之前的三次都只不过是"长征预演"。

在新昌城,我已成了一个无家可归的人。从1985年新春到2010年7月,近26载的奋斗都付之东流,如今落到倾家荡产的地步。

我本想去老家探望两位老人家,可想到人生道路走到如此田地,实在是无颜以对。因此,这次潜回新昌,也没有去老家,不想竟成了人生一大憾事。

就这样,我载着满满的深情恨别了生活了26年的新昌城。

我见证了新昌城的发展,却无缘与她共同繁荣下去。

当天晚上,我从上虞火车站转车到绍兴火车站,夜宿绍兴火车站广场。

7月17日上午去绍兴市人才市场,寻工无着落,下午辗转去了绍兴柯桥。

再返绍兴柯桥找工作

7月17日傍晚,我到了柯桥市区,夜里就在华联商厦门口一个花坛边露宿。

午夜,值勤民警看见我,劝我找一家便宜的小旅馆去住,在大街上不安全。我只好挑起行李在大街上漫步,走累了,就在公交车站长凳上休息会儿。天蒙蒙亮我就爬起来,在街边小吃店吃了早餐后,就直奔绍兴县柯桥人力资源市场。

到了人力资源市场,门还没有开。我就在大门边一个隐蔽的花坛边,放下了两袋行李。整了整衣服,背着一个值千余元的大牛皮包,在市场大门口转悠。

我穿着一件直条纹的"老人头"牌短袖衫,有些打工求职者还错把我当老板,围着问我要不要用工。我只有苦笑着解释,我也是来寻工作的。

上午,来招工的用人单位只有几十家,柯桥的产业结构中轻纺业占大头,适合我的岗位几乎没有。一家安徽企业写着招聘销售代表,我就斗胆上前向一位50多岁的招聘的同志询问:"贵单位对营销员年龄有没有限制?""您几岁?""虚岁49。"他一看我面带笑容,很有亲和力,就对我说:"没有年龄限制。我也50多岁了,这正是我们有经验、有体力的时候。"

这是我第一次在求职中遇到为我这岁数的人说了句公道话的

人,我内心十分感激。他当即给了我一份面试通知单,让我下午去柯桥一工业区办公室面试。

我手里拿着面试通知单,比拿着大学录取通知书还兴奋。我终于找到一份工作了,心中的一块石头总算落地。

中饭我也没有吃,就按通知单上的公交车路线,转乘了三趟城乡公交车,于下午1时左右找到了面试地点。

面试时间在下午2时,我感到又热又累,就在一棵树下放了几张报纸,睡起午觉来。可在地上睡了不到10分钟,全身上下都爬满了小蚂蚁,十分难受,我只好脱下外衣用力抖掉蚂蚁,后来索性拿起行李去仓库办公室等面试。

下午2时过后,上午负责招聘的同志来到办公室,面谈一番后,我才知道他是江西人,是绍兴大市区的营销经理。同时来面试的还有两位男青年。

他们想派我去新昌或嵊州工作,可我一想到自己的情况,不方便回去开拓营销工作,只能婉言拒绝。

高兴来面试,败兴离开了办公室。走到一条陌生的公路上,我一打听,这个工业区与萧山临近了,就索性步行去萧山。

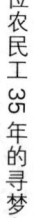

北上萧山

时值农历六月,恰逢一年中气温最高的时节。我脚上穿着一双"富贵鸟"皮鞋,肩上挑着足有百余斤重的行李,一路上,西边的太阳斜射在左侧身上和脸上,顷刻间汗流浃背。我走走停停步行了两个多小时,来到一条公路边,想看看有没有车去萧山。

等了不到10分钟,停下一辆路过的中巴车,我随即跳上了中巴车,站了一个多小时到了萧山市区。

我在离萧山火车站较近的站点下了车,又迎着夕阳步行到杭州火车南站。到了不久前来过的老地方,我放下行李担子,才真正感到什么叫如释重负。

我又累又热又饿,懒得去卫生间喝口自来水,来不及去擦下身子,就昏睡在水泥地上……

杭州投靠无望

第二天上午,我从杭州火车南站乘公交车到杭州市和平饭店对面的一家公司,准备投靠一个一直在苏北连云港开发房地产的朋友。

在杭州和平饭店不远处的小吃店,我随便吃了几个包子,就去了朋友的公司。

老友在杭州已买了新房,杭州的生物公司尚在起步筹办阶段,一时没有我可做的工作。我喝了几杯水后不想麻烦别人,就起身告辞。

走出朋友的公司,已是下午5时左右,但见天上乌云压城城欲摧,狂风大作,电闪雷鸣,雷阵雨就要降临了。

我急忙走进一家面馆,准备躲避随时可能到来的雷阵雨,顺便也吃碗汤面。

7月中下旬,是一年中雷阵雨最频繁的时候。果然,不到5分钟,杭州城上空电闪雷鸣,倾盆大雨横扫杭州城。

不一会儿,面馆前的街道便成了河道。

这场雷阵雨持续下了两个小时,街道上水满为患。

不巧,那里又没有去杭州城站火车站的公交车,我只好脱下鞋袜放进行李袋中,把裤管卷过膝盖,涉水步行去城站火车站。蹚了一路的浑水,裤子都湿透了。

直到午夜我才到城站火车站这个"家"。

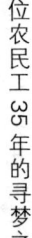

第十八章

南下诸暨寻工

去杭州投靠老朋友的希望破灭了,7月下旬的一天夜里,我又临时乘火车南下到了诸暨。

到诸暨火车站时,正值午夜时分。

如往常一样,我依然在广场边露宿,刚躺下不久,发现一小偷在拿我摊在水泥地上的报纸。

我惊坐起来,看到一个16岁上下的小伙子,肩上背着一个捡破烂的尼龙袋。他问我:"你也是捡破烂的?"大概是他看到我身边也放着两大袋行李吧。还没等我回过神来,他已抢走了我铺在地上的全部报纸,并自言自语:"明天可以买瓶啤酒喝了。"

我一下子睡意全无,就在广场上随意走动起来,以此打发漫漫长夜。

诸暨火车站是一个县级站,是浙赣铁路沿线的小站。后半夜,那里只有零星几个旅客,十分冷清。远看夜幕下的东方,我的家乡就在那里。本来这个时间我应该舒舒服服地躺在床上了,可现在却在同一个捡破烂的小流浪汉争夺旧报纸,凄凉之情油然而生。

第二天一大清早,我照例乘最早的一趟公交车去诸暨市区。我先去了一个劳务中介市场,中午前又乘城乡公交车赶到诸暨大唐镇的劳务市场。

大唐镇,被称为中国袜都,几乎家家户户都加工制作袜子。大唐劳务市场就在镇上的一条公路旁,我一到那,就看见公路两旁人行道上站满了人,场面好似赶集。

奇怪的是,在摆有摊位的劳务市场内,几乎没有人招聘、求职,反而市场外的树上、墙上、汽车挡风玻璃上、摩托车上都放着写有各式各样招聘小广告的纸板,有的招聘者胸前挂着或手里拿着写着招工广告的小纸板。

求职者很少,都是招聘者在找工人,这简直是一大招工求职奇观。

大唐的劳务市场,不再粥少僧多,岗位太多了,对应聘者几乎没啥要求。

中午,我和两个江西人、一个贵州人随一个招聘男青年去他的公司车间参观。

不到10分钟,我们就被带到了工厂车间,一看就知道那是个家庭作坊。

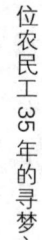

我们跟随男青年从一楼到三楼各"车间"参观考察,发现工人几乎都是20多岁的小青年。干的活主要是包装各种款式的袜子,工资按件计。我问了一个男青年一个月有多少工资,他笑着没有回答。招聘青年跟我们简单介绍了薪酬标准。接着,又带我们到顶楼的集体宿舍参观，那里没有一张床，工人都是打地铺的。这时房间里已有十多人睡着，像个狗窝。

参观完，那男青年倒是好心，送我们返回大唐劳务市场，叫我们下午做出决定。

回到劳务市场，公路两旁仍然有好多招聘者和求职者，站着、蹲着的都有，大家闲谈着，压根儿不是来找工作的，而是来赶交流大会的。

中午，我问了几个50多岁的中年男子："你们去袜厂打过工吗？那儿能挣到钱吗？"他们异口同声地说："去过，挣不到钱的！4个人合伙包装一天的袜子，工资不到100元。一算每人一天工资不到25元。"我又向一位看似利索的女工询问同样的问题，她说："手灵活的人，一个月也有1800元左右的工资。"

包装袜子是较轻松，可工资肯定是不多的。于是，下午2时，我冒着高温乘城乡公交车回到了诸暨火车站。

身无分文陷义乌

一到诸暨火车站，我又困又累，就在广场一个角落里躺下睡去了，一觉醒来，已是晚上9时了。

全身上下只有20元钱了，已不能去太远的城市，于是连夜乘火车到了义乌。

这是我第二次到义乌，第一次来这里时，我只是一个匆匆过客，希望这次重返义乌能淘到金。

尽管一出义乌火车站，身上已不到 10 元钱，但我想着在义乌中国国际小商品城好坏总能找到一份工打的，心情顿时就愉快起来了。

出了站没走几步路，一个男同志就过来硬是要拉我去住旅馆，我说没有钱住宿，男青年无论如何不相信。接着一位妇女又来叫，说只要 30 元。我确实是囊中羞涩啊！只好一一拒绝。

晚上，我同十多个来义乌打工的农民工睡在出口处花坛边的石凳上。

天未亮，我在公共卫生间洗了把脸，吃了点早餐，就赶着乘公交车去义乌劳务市场。

付了公交车费、早餐费，我清楚地记得身上总共只剩下 4 个 1 元的硬币了，当务之急就是找一份能解决食宿的工作。

义乌劳务市场与诸暨大唐镇的劳务市场大同小异，只有零星几家单位在招聘，而市场外的人行道上，人山人海。

招聘者也都在小纸板上写着需要的岗位工种和薪酬，并将小纸板挂放在汽车、摩托车的挡风玻璃上。他们手上拿着招工广告宣传纸，像"抓壮丁"一样大声招呼着。

我东走西看，满眼都是工作机会。可工资基本每月都在 1500 元至 2000 元，每天工作时间最少 12 个小时，有的甚至长达 14 个小时。

眼看中午就要来了，担心要散场了，一摸口袋中的 4 个硬币，我心急如焚，便主动去一个饰品制造公司广告板前询问，招聘人员说：

每天工作10小时,第一个月试用期1500元,解决食宿。我没多想就点头同意了。同时去应聘的还有两个贵州人。

招聘者把我们带到劳务市场不远处,我们乘上了一辆面包车,面包车司机给招聘者每人20元,共60元。这时我才知道劳务市场的招聘人员大都是替用工企业代为招工的。

面包车行驶了半小时,到达义乌郊区的一农村后停下。司机先带我们去了一幢新建的民房安排住宿。接着又带我们去食堂领了饭盒,蒸好晚餐,又领我们去饰品厂车间参观。饰品厂规模中等,估计有150名左右的员工,我们被分配到一个烘烤车间工作。

一走进车间,一股刺鼻的气味扑来,我连打了几个喷嚏,泪水直流。车间光线很暗,眼睛看出去一片模糊。看来我年纪大了,各方面已不适应车间工作了。

于是我找了个借口说这股气味受不了,挑着行李离开了饰品厂。

我乘上公交车,付了2.5元公交车费回到了义乌中国国际小商品城。

当我路过义乌图书出版发行市场时,不顾饥渴难忍,就去里面找工作。

果然,我在一家图书公司门口的墙柱上看到了一张广告纸,上面写着招图书打包工一名。我如获至宝,斗志昂扬地走进店内。

一番自我介绍后,老板说打包工前几天已招到了,忘记把广告纸撕下来了,并劝我这么大年纪,该退休回家养老了。

我不泄气,又去图书市场内转了一圈,进了好几家公司自荐,可没有一家公司缺人。

下午4时左右,骄阳似火,水泥路面好似火烧过一样,皮鞋底似乎都要熔化了。我挑着行李有气无力地走到小商品城服装部,看到打扮非常时髦的老板娘,想问问是否招装卸短工,谁知连说话的力气也没有了。

路过一个卫生间,我进去喝了几口自来水缓解了一下饥渴。可盛夏天气,一天到晚挥汗如雨,我又挑着重担,不到半小时,喝下去的自来水又变成汗流出来了。阵阵饥饿感袭来,大清早吃下的两个包子和一碗稀饭不知到哪里去了。

我手里捏着仅有的1个1元硬币、1个5角硬币,走进一家小超市,看遍所有柜架,没有一样食品低于1.5元人民币。我只有继续毫无目的地疲惫地摇摇摆摆地在陌生的义乌大街上走,正当我饥饿劳累难忍时,在一条小巷口看到了一个包子摊,蒸笼上还放着十多个被太阳晒干了的包子、馒头,我走上前一问,要1元钱一个,可我手里仅剩一块五毛钱了。也许是老板看出了我的尴尬,同意卖给我两个馒头,反正他也要收摊回家了。

我一接过馒头就塞进嘴里大口一咬,天哪!同石头差不多硬,牙都要掉下来了,但我舍不得扔了这来之不易的馒头,强忍着细嚼吞咽下去……

我就这样在义乌忙碌地找了一天的工作。

夜晚的义乌,街上霓虹灯闪烁,身边时不时走过几个外国人。这里商贸繁荣,俨然一个国际化都市。

我强咽下两个干硬的馒头后,肚子仍然空荡荡的,不一会儿饥饿又向我袭来。

今晚睡哪里？明天的工作又在哪里？我一路彷徨。

走到一家药店门口时，看到大堂里有一台饮水机，我实在饥渴得不行了，就向里面的工作人员讨了一杯矿泉水。喝了三分之一，剩下的留着夜里喝。

走到夜里10时左右，实在走不动了，我就在一个街边的花坛边停了下来。看到对面商店还开着，我就走了过去，一台公用电话映入我眼帘，我心中升起给家中好友去电借钱的想法。

可我连打公用电话的几块钱也没有了，只好跟老板说，先打电话，等朋友把钱打入卡后，我取出再来付电话费。老板同意了。我就拿出通讯录连续给几个朋友打了电话，不是关机，就是停机。幸好打通了一个，可不巧今晚他去乡下老家了，要等第二天回城时，再把钱打我卡里。我也没有多说什么，只叫朋友打一百元即可。

我很不好意思地对店老板说明情况，幸亏他通情达理不计较，如果遇到个难搞的，说不定我会被讨要2元钱电话费而不得安宁。

我从心底里感谢这位店老板，连声说谢后就到花坛边露宿了。

午夜，过来几个年纪挺大的男性盲人，他们在我身边一道躺下，好歹也算有个伴了。

又一夜未眠。

第二天上午，我把朋友打进卡里的一百元钱取了出来，花了3元钱买早餐，又辗转乘公交车到义乌火车站，恨不得早日离开这倒霉的地方。

北上嘉兴

一到义乌火车站,老天又下起了雨。

本想返回诸暨大唐打工的,后来还是去了浙北的嘉兴。

当天下午,我乘上了去嘉兴的普快列车。

列车北上经杭州到嘉兴站,在嘉兴站下车时,夜幕已降临。

嘉兴,中国共产党的诞生地,上海的南大门。记得 20 年前,我出差来过一趟嘉兴新华书店。命运捉弄,20 年后,我北上嘉兴流浪求职。人生恍若隔世,自从踏上流亡之路,就没有想过有一日三餐、有酒店旅馆住。这天夜里,我在嘉兴站前广场上过了夜。

记得这是 7 月底的一天早上,我在嘉兴站露宿一夜后,在广场乘公交车去了嘉兴市人力资源市场,凑巧这天上午有用人单位在现场招聘。

嘉兴的劳务市场,看起来是人才市场和人力资源市场的混合,招聘现场有农民工,也有年轻大学生。我看了一遍用人单位的工作岗位介绍,几乎没有一个与我对口的。看来,我确实被现代企业淘汰了。

中午散场后,我挑着行李漫无目的地行走在嘉兴市区的大街上,不知不觉到了新华书店,忍不住走了进去。我在二楼看了两个小时的书,直到下午 4 时左右才离开新华书店。

我迎着夕阳向嘉兴火车站前进,路过一个公园,脚步不知不觉停了下来,索性便在公园石板上躺下睡觉。

从乱梦中惊醒时,公园里已到处是晚餐后来散步、跳舞的市民。

我如坠入云里雾里,一时竟想不起自己身在何处了。

伴着月光,我步履维艰地走向嘉兴火车站。北上就是上海、江苏了,昆山之行已让我打消出省的念头,无奈我又南下杭州。

第十九章

东行余姚

午夜前,我在杭州火车站下车,没过多久就买了凌晨2时左右的火车票去宁波余姚。

列车向东行驶,大清早5时左右,我在余姚站下车。

余姚市,隶属宁波大市范围,是全国有名的塑料制品和原材料生产基地,工业十分发达。此前,曾几次出差到此,心中不免产生一丝亲切感。

夏天日长夜短,早晨5时左右,东方已露出鱼肚白,朝霞映照着大地。

我每天的工作就是努力找工作,为此,每到一个城市,首要任务就是直奔当地的人才市场和劳务市场。

我乘上公交车到达余姚市劳务市场,大门紧闭。零星几个农民工已在市场外等待,同我一样,他们也是大包小包的,看似刚到余姚。

上午8点过后,劳务市场门开了,我进去转了一圈也没有找到称心的工作。

我又赶往不远处的人才市场,同样没有合适的岗位。我当机立断返回余姚劳务市场,焦急地向一些在市场外"抓壮丁"的私营企业老板询问,招不招普工。当我向一位老板娘自我推荐时,老板娘把我上下打量一番,看我白面书生一个,又背着大牛皮包,不相信我是来打工的,说我开玩笑。我再三解释,仍被拒绝。

最后,我在一家快收摊的竹木家具公司应聘上了木工的岗位,招聘的女青年给了我一张面试通知单,叫我下午去公司面试。

我高兴地拿过通知单,心想幸亏今天来余姚求职,当天上午就找到了一份工作。

我连中饭也顾不得吃,转乘了好几趟城乡公交车,又步行近一个小时,才在一个山坳里找到了这家竹木家具公司。

我走进办公室,放下两大件行李,从皮包里拿出了劳务市场开具的面试通知单,上午招聘的女青年好像突然不认识我了,一看我的两大件行李,问我拿这么多行李干啥,我说是一年四季的衣物和生活用品。最后她以没有介绍信为由拒绝录用我。

我也没和她争论,自认倒霉,大热天白跑一趟,还要浪费来回8元钱车费。

直到下午5时我才乘公交车回到余姚市区,然后又去中国塑料城看了一下,希望有商家招临时工,这样可挣点现钱。谁知各店主都快下班了,我只好步行返回余姚火车站。火车站人多热闹,夜里有流浪汉和农民工做伴也算一件乐事。

等我走到火车站,已是晚上8点了。我在小卖部买了一根棒冰、一个面包，就算晚餐了。

夜里，就在火车站前的一座石拱桥上露宿……

前往慈溪

2010年8月1日上午，我再次去余姚劳务市场求职。这天没有现场招聘，我只在广告栏中看了看招工广告，理想的工作几乎没有，那就去邻市慈溪看看吧。

慈溪，隶属宁波地区，位居全国百强县（市）前列，工业十分发达。

我转乘了多趟公交车才找到了慈溪的人力资源市场，可惜已快散场关门。我在市场一楼饮水处盛了满杯开水，坐在已经空空的招聘桌上整理皮包。我有两个月没坐在桌子上办公写字了，于是趁机写起流浪日记来，恍惚间有了一种满足感。

我在信息栏中看到，第二天上午还有现场招聘会。于是又转乘公交车到了慈溪汽车东站边，心一狠花了25元在一户家庭旅馆住了下来。房间在阳台下面，里面放着两张农家木床，一台吊扇沾满烟尘，感觉像是由厨房改造的。

我安放好行李，开了吊扇最大风速，可风仍然很小。整台吊扇摇摆不停，叮当作响，像随时要掉下来一样。

我迫不及待地去公共浴室冲了个冷水澡，把脱下来多日未洗的臭衣服也洗了洗，突然发现已没有外套可穿了，索性躺在床上看电视,这种享受对我来说是一种奢侈。

自从7月16日离开新昌县城,踏上流浪、求职之路,我已有两星期没有上床睡觉了。睡在狭小闷热的房间里,电风扇吹来的热风让人极度难受。我反而怀念起火车站广场、公园角落来,在那里抬头是广阔的天空,阵阵凉风吹来,舒服得很。

一大早我退了房间,赶往慈溪劳务市场,碰到一家DM直送广告公司,老板是河北邯郸人,平易近人。我俩谈了一番,他知道我在这方面有经验,给我劳务费提成20%,让我下午到公司报到。

下午,我按地址找到了广告公司,安放好行李,简单熟悉了一下版面大小收费标准,拿了十几份近期的样报放进皮包里,就轻装外出开展广告业务了。

卸下重担,我走起路来十分轻松,好似要飞起来。

8月,是广告业一年之中的淡季,我跑了一个下午,只和两家培训学校的负责人面谈过,几家大型商场的老总,连人都没有看到,收效甚微。

晚上,我又去拜访了几个商店小老板,直到夜里8时才收工。慈溪市区晚上7时以后,就没有公交车去郊区了,我走了两小时才到广告老板的出租套房里。他分给我一个单独的小房间,房间东南面墙上有两个窗,夜里东南风吹进来,挺凉快的。我总算有了落脚点。

8月上旬,我在慈溪一边坚持开展广告业务,一边留意更合适的工作。

8月中旬,我又去了多家企业面试,居然连一个普工的岗位也找不到。而老本行开拓业务也不如意,只做了几单几十元、几百元的小额广告业务,做大单子需要积累,需要机遇,可我要立竿见影,真是一大难题。

眼看着在慈溪无法安定工作,17日下午我乘中巴车到了余姚火车站。在余姚火车站,经过激烈的思想斗争后,我决定再返宁波市,我想去一个老同学的服装公司看一下,看看有没有工作机会。

再回宁波

8月18日早晨,我从余姚火车站乘上了去宁波的列车,列车迎着冉冉升起的红日向东方飞驰。我临窗坐着,窗外是浙东美丽的山水风光,心情难得舒畅。

不到一小时,就到了宁波火车站。我没有直接去老同学的服装公司,而是去了海曙区人力资源市场。

在一家个体书店招聘摊位前我递上了手写的个人简历复印件。可个体书店不解决食宿,基本工资为每月1200元,额外有去各学校开展图书征订业务的劳务费。

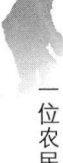

工资低点,我不计较,可是不解决食宿,对我来说就很麻烦。我连吃饭的钱都没有,哪租得起房子。最终我还是放弃了这次机会。

中午,我离开了海曙区人力资源市场,不知不觉走到了不远处的天一阁。宁波的对外宣传广告语是"书藏古今,港通天下",书藏古今指的就是"天一阁"的藏书甚丰吧。

因为要买门票才能进去参观,天一阁对我这个穷光蛋来说真是可望而不可即。

午后,走在大街上,闷热难熬,真是又困又累,索性躺在街边一棵树下睡觉。

刚有点睡意,就被一阵响动惊起,一袋行李不见了,我四处张望,马路对面一男子手里正提着我的行李。我连忙一个箭步冲上去夺了回来,男子慌慌张张地跑了。

这是我自2010年5月31日离开新昌,远走苏、浙、皖三省两个多月里,第一次大白天遇贼。早上来宁波的好心情大打折扣,心中产生了此地不可久留的想法。

我联系了老同学,她告知了我乘车路线,我就按图索骥来到了她的服装公司。

老同学给我接了风,饭桌上我们聊了聊近几年的情况。

这位女同学,读"五·七"高中时坐我旁边,与我同岁,饭桌上不时在她先生面前夸我。也许是2008年11月,我们班召开了毕业30周年同学会,我是同学会组委会成员之一,参与了会务活动的策划、实施、摄影等工作,还发挥自己的写作编辑特长,专门印制了一本彩印的同学会纪念册,给她留下深刻印象了吧。

午餐后,我们回到了办公室,他们夫妻俩去车间了,我一人坐在办公室沙发上休息。

待她回到办公室,我简要说明来意,希望她安排一份工作,她仍然不相信我真的是外出打工的。老同学的服装公司系外贸类企业,碰上近两年金融危机,一直在裁员。看到她面露尴尬,我也不想为难她,就起身告辞,返回了宁波火车南站。

宁波火车南站,虽比杭州城站人流量少些,但每天来往重庆、成都、广州、阜阳、淮南以及福州的旅客也不少。宁波有大量的农民工,这个城市的快速发展,离不开他们的努力。

晚上,我混进火车站候车厅休息,在洗手间洗漱了一番。一直待到晚上10点,火车站关门了才离开。

走出有空调的候车厅,来到火车站广场,屁股刚坐下,几个中年妇女就过来问我要不要住宿。我就直说,工作找不到,没有钱住旅馆。广场上人来人往,人群中有刚下车来宁波打工的农民工,也有像我这样还没找到工作的流浪汉。有些人已倒睡在行李上,我也准备在广场上的环形花坛木凳上过夜了。

不一会儿,过来一个40岁左右的男子,在我身边坐下,自我介绍是河北石家庄人,我们就做伴露宿。

时值农历七月中旬,一轮皓月悬挂天空,月明星稀,几朵云彩时而随风飘荡,深夜的夏风让人略感凉爽。这样的夜,对劳苦大众来说是如此的美……

可恶的是,广场外蚊子奇多,时不时来打扰我的美梦。

第二天早上,萍水相逢的那位石家庄人带我去了宁波新开的一个人力资源市场。

到的时间太早,市场还没有开门,我们就蹲在公路边闲谈。没过多久,好多来找工的农民工陆续到来。我们正谈着,走来一位满脸胡子的白头发男子,问我劳务市场几点钟开门,我说马上开门了。

听他介绍,他是河南人,本在老家种小菜卖,一年也有3万多元收入。不幸,妻子前几年跟他离了婚,留下一个17岁的儿子给他。儿子既不肯读书,又不肯上山去劳动,游手好闲,只知道向他要钱,后来胃口越来越大,做父亲的少给了钱,就动手打父亲。他就是这样被逼出来打工的。

我一看他满头白发,以为年纪比我大,不想他只有42岁,可能天天早出晚归,上山劳动,显得特别老相吧。

市场门一开,大家抢宝似的蜂拥而上。

一同进去的几个小青年,转了一圈,不到5分钟就离开了。

我看遍了整个市场内的招工广告,只有宁波横涨的一个家私厂看我是个木工,给了我一份面试通知单。

下午,我便乘城乡公交车去宁波远郊的横涨村。家私厂老板40多岁,之前也是一个木匠,本来因我年纪太大,不打算录用我,但看在我也是个老木匠人又不错的份上,就破格录用了。

我问有关工资待遇时,老板说:"试用期1000元,工作岗位是'跟单'。"我明白所谓跟单就是随送货车装卸家具,说好听点是随车跟单,说难听点就是家具装卸工。又补充了一点如在公司内,还要去车间装配家具,一个月休息两天,公司安排食宿。

我一听工资只有1000元,简直不敢相信自己的耳朵,我又问了老板一次,千真万确1000元。

好歹我也做过老板,虽没有像大老板那样一天赚几百万、几千万,但有时一天赚个几千、几万也是有的。

如果这样挣钱,我何年何月才能还清欠下的高利贷余债啊。

2010年春节后,我每天利息要付3000元左右。这样1000元一个月的工资，我不吃不喝，也要工作三个月才能付一天的高额利息。这实在是一个天大的笑话。

其实，我不是一个厌恶劳动的人，我是农民出身，从小就热爱劳动，尊重劳动人民，十分憎恨好逸恶劳的人。

自从 1995 年 4 月离开原工作岗位，我就没有给别人打过工，一直以来都是单干。这并不是说我想做什么老板，我只是想过有挑战的生活。

我内心仍十分感激这位家具厂老板能录用我，一旦定下来工作，我就可以免受流浪饥饿和蚊叮虫咬之苦。可理智又告诉我：老梁，你不能这样为 1000 元钱的工资就妥协了。我内心十分矛盾，有点舍不得这来之不易的工作，只好礼貌地对家私厂老板说，明天上午给回复。

晚上，我又转乘公交车返回宁波火车南站广场"新家"。我已把宁波南站作为流浪时的"第二个家"了，通过这次去家私厂求职面试，我切身体会到在外面挣钱的不容易，自责以前在新昌把人民币当纸烧。

夜里 10 点左右，石家庄的打工友也回来了，上午碰到过的那个陕西咸阳的小伙子也"回家"了。大家各自谈了白天求职面试的感受。

第二天一大清早，我们又各自去找工作，我决定去宁波人才市场看看。他们觉得那是大学生找工作的地方，农民工去那里只能碰一鼻子灰，但我却不死心。

宁波人才市场在宁波市国际会展中心，从南站到那里需转好几趟公交车,我宁愿饿肚子,省下吃饭的钱当公交车钱。

一到宁波人才市场,只见市场内已熙熙攘攘,为了形象好点我急忙去公共卫生间洗了洗脸,刷了刷牙,刮了一下胡子。看着镜子里的自己,我都不敢认了:苍白憔悴的脸,深凹的眼窝像两口深井;两颊骨像山峰似的凸出来,满脸胡子,活像个60多岁的老头了。

近两个月的流浪、奔波,缺吃少睡,我体重直线下降,前几天在一家药店门口的台秤上一称,只有100斤了。为了给用人单位留下较好的第一印象,我打扮一番,脱下夜里睡的长袖衬衫,换上一件只到人才市场求职才穿的"柒牌"立领短袖白衬衫,把两件行李放在市场角落处的一个橱子后面。

我强打精神,像个异类一样在人才市场转圈。也许我是求职者中年纪最大的一个了吧!看到几个大学毕业生手拉拉杆箱在市场求职,风尘仆仆,像是刚下火车就直接来找工作的。

一个上午马上又过去了,无意中在一家食品机械公司的招聘广告展板下方看到招木工一名的信息,我一时不敢相信人才市场内还有招木工的。我询问了一下招聘人员大致情况,也自我介绍了一下。

招聘人员对我说:"每月工资2300元左右,三人一间集体宿舍,一日中、晚餐公司食堂吃。主要工作是制作盛放食品机械整机的外包装箱,是个粗活。要是想做,就给你介绍信,公司在象山县城郊。"我欣然接受。

去象山报到

我乘上了中巴车去象山上班报到,买了去象山的车票后,身边只剩下十余元零钱了。我想到反正已找到了工作,又解决了食宿,以前的那种恐惧就少了许多。

我打开车窗,窗外山风吹进来,心情舒畅了些。想不到荒废二十多年的木工手艺,在这次外出求职找工中派上了用场。古训"虽有良田千亩,不如一艺在手"千真万确。

这是我第一次来象山,这里三面环海。

按介绍信上的地址,我在象山县城郊周浦镇的公路边下了车,步行千余米来到了位于小山岗上的这家食品机械公司。

人事科一位戴眼镜的男青年给我一张入职表格,待我填好后,又领我去车间参观。该食品机械公司管理规范,已通过ISO质量管理体系认证,车间整洁,物品堆放有序。我的工作场所在包装车间,下午刚好有两个木匠在制作包装箱。

参观完,又回到人事科办公室。男青年告诉我,每月基本工资1700元,活不是每天都干的,公司有产品出售,就定做几只外包装箱。每月要交伙食费300元,集体宿舍租在村子里,水电费自理,房租负担少部分,大部分公司负担。

我一算,一个月净收入也就1200多元。近期是销售淡季,还要过几天才能来上班。我没有跟他争论在宁波人才市场上明明说是

2300元的，现在却变卦了。我只当白跑一趟，无奈离开食品机械公司。

我站在公路边来时下车的地方，呆呆地看着来往的汽车，又数了十多元零钱。这时候，我连返回宁波的路费也不够了，真是到了叫天天不应、唤地地不灵的绝境了。

向南，就是宁海、温州，向东就是象山县城。我选择向象山县城迈进。

刚走了半小时，路边停下一辆快客，有人下车，我一问到象山县城只要6元车费，就跳上了车。

夜宿象山街头

不到半小时，快客就到象山汽车客运中心了。

我走出汽车站，但见象山县城群山环抱，天上的云彩特别矮，触手可及似的。

20年前，在新昌老单位工作时，认识了一个象山县的小青年，至今我还记得他的名字，那就赶在下班前到他的单位看看吧。

我赶到他单位时，他快下班了。时隔20年，再见面已经不认识了，他成了一个大个子中年男人，而我成了一个挑着两大袋"全部财产"的流浪者。

看看20年前的同行急于下班回家，也无意请我吃顿快餐，我就说了声再见。

在小巷口遇上一个馒头铺子,我用 2 元钱买了 4 个馒头,狼吞虎咽地吃了下去。看看时间还早,就到新华书店门市部看书,直到书店打烊。在书的海洋中,我暂时忘记了痛苦、烦恼和饥渴。

离开象山县新华书店已是夜里 9 时,走在陌生的大街上,举目无亲。一圈走下来没有找到一个公共卫生间,实在口渴死了,我狠下心花了 1.5 元买了一瓶矿泉水,这是我入夏后第一次买矿泉水喝。我舍不得一口气喝下去,小口咂吧一下,滋润了一下快要渴得冒火的喉咙就算了,我要留着它在夜里慢慢享受。

每到一个城市,我首先会找一个较安全的地方住宿。我漫无目的地走着,看到路边的广告栏就停下来看看。在一处广告栏中我看到了招工启事"海岛养鸡,月工资 1500 元""翻砂工,工资 2500 至 3000 元。电话 ×××××,地址 ×××××"。

我用公用电话联系海岛养鸡场,接电话的是位女同志,她实话实说,在海岛养鸡很辛苦,岛上不通电,一天只吃两顿饭,但每天的实际工作时间不到三个小时。我明确答应去海岛工作,她叫我再打另一个手机号码,联系去海岛的路线。

我又去电联系,打通手机后,对方自称姓王,叫我从象山客运中心乘到石浦的中巴车,中途王家停靠站下车往左走千余米,到村口养鸡鸭的农家那里,便有人带我去海岛。

打完电话,已是夜里 10 点左右,找到了工作,心里就踏实多了。奇怪的是,在象山城区竟一时找不到公园和凉亭。当我路过一家"罗蒙"专卖店时,本想放下行李担子在店前的台阶上休息一下,一看此地适合露宿,就拿出携带的几张旧报纸铺上就睡。

象山县城是个山区小县城,街上十分冷清,这使我想念起宁波火车南站有农民工和流浪者做伴的那些夜里。以前,我是一个独行侠,不知道什么叫寂寞。可当我一个人深更半夜在一个陌生的城市流浪时,才体会到什么叫孤独和寂寞。

我想象着去海岛养鸡的生活,可以看大海,看海燕、海鸥飞翔,在海边游泳。不知不觉口又渴了,就从行李袋中拿出剩下的大半瓶矿泉水,像喝白酒一样慢慢喝,一直喝到午夜才喝完。

头顶蚊子嗡嗡地飞着,我也早已习惯这一老朋友的相伴,迷迷糊糊睡着了。

后半夜,我一直处在半睡半醒状态,不是怕被人抢劫,我也没有钱可被抢,不过还是怕遇到意外伤害。所以,手中紧握挑行李的竹竿子,以作防身武器……

海岛养鸡求职

凌晨4点后,我就坐等天亮。

我找到了去象山客运中心的公交车站,乘上了最早一班公交车到象山客运中心,没吃早餐也没洗漱,就乘上了去石浦方向的中巴车,花了6元钱车费坐到王家停靠站下车。

我按电话里告知的路线走去,果然走到村口,就看到一户农舍边的竹园里有好多只鸡在奔跑着,两个男人站在门口,我向一个年轻的大个子打招呼,他说他就是昨夜接电话的王师傅,经他介绍后,我随另一位年纪约 70 岁的王大叔向海岛进发。

我跟在王大叔身后，穿过王家村，一直向东步行 10 分钟，看到了一个大水库，还有水库大坝，我问王大叔："这是什么水库？"王大叔大声说："这是海！"

啊！难道这就是我向往已久的大海吗？那么，这座大坝就是海塘了。这是我平生第一次看到大海，而且是东海。

接着，我又看到岩石边停着几条机帆船，大概这就是简易码头了。

我和王大叔走近船边，其中一条船上已放着数十桶水，王大叔叫我先跳下船去。我一看有一米多高，纵身一跃就双脚踏在船头甲板上了。王大叔又给我递下了两袋行李，接着，他解开船绳，一个撑竿跳，便上了已经离岸的船头甲板，动作敏捷，像个 20 多岁的小青年。

王大叔发动机船，手握舵把，调转船头，昂起船首慢慢向大海深处驶去。

上船后，我又有点后悔了，深怕在海岛养鸡碰到如"黑砖窑""黑煤矿"之类劳役般的苦工活，困在孤岛，归程维艰，说不定还会葬身大海。

可一想到身上只有 2 元钱了，当务之急便是落实一份工作。只要日有两顿饭可吃，夜有草窝钻就行。我强迫自己静下心来，因为我知道自己已无回头路了。

此时，东方海平面上一轮红日冉冉升起，这是我第一次看海上日出。远方的小山好似浸泡在海里，只露出百米高的山头。

半小时后,小船离海塘越来越远了,大海更广阔了。

我坐在船中间的木甲板上,上船时的恐惧转为好奇,欣赏着美丽神奇的大海。

不一会儿,几朵乌云从西边飘过来,好似天边已在下雨了。可我一看象山县城方向,还是蓝天白云。

我们的小船继续向前行驶着,王大叔全神贯注地把着船舵。

头顶的天,说变就变,果然不到五分钟,下起阵雨来。我钻进狭窄的船舱避雨,船舱下面是机器马达,一股柴油味扑鼻而来。不到一刻钟,雨停了,太阳又露脸了。我钻出船舱坐回原来的甲板上。

这时,西边的天空出现了一道美丽的七色彩虹,十分壮观。可惜我没有带照相机,不然可以拍摄下来留念。我拿出皮包里的日记本,记下了大海上的奇丽景象和求职感受。

小机船大约开了一个多小时,四周已看不到远山了,平静的海面变成了一口煮沸了粥的大锅。波浪汹涌澎湃,浪足有一米多高,机船似一片树叶随风浪漂荡,海浪溅在我身上。我开始敬畏大海了,心中默念老天保佑我平安到达海岛。

可我一看王大叔傲然挺立船头,脸不变色,心不跳,头戴竹箬,身披蓑衣,像只矫健的雄鹰,对大风高浪一无所惧。也许王大叔从小在海上长大,经历了太多的大风大浪,已经习惯了,不像我这只旱鸭子如此惧怕风浪。

无意中,我看到前方有一个小黑点。随着机船往前驶,黑点越来越大,王大叔告诉我前面就是海岛养鸡地了。

上午10点左右,我们在海上的一个无名岛上靠了岸,岩石山上早有两个光着膀子的矮个子男人在等我们,他们全身上下黑乎乎的,像非洲人。两人接着纵身跳入大海,王大叔叫我把船上盛满水的大塑料桶扔到大海里,我脚踩在船舷上,想用右手提起塑料桶,塑料桶一动都不动,反而把腰闪了。

我咬紧牙关双手使劲才勉强提起大桶,放在船舷上,歇一会儿,再扔下大海里。而王大叔双手轻轻一提,桶就直接扔向大海了。我忍着腰痛又扔下几桶,腰疼得很厉害。那两个"黑人"用一根绳子穿过塑料桶的提手处,利用海水的浮力将满桶水拉到山岩边,再用扁担挑上海岛的半山腰,供一天的人和鸡饮用。

看来,我痔瘘动手术时,没有保养好,留下后遗症了。要挑着近两百斤重的两大桶水走上陡峭的半山腰,并且每天上下十多趟,我的身体一定吃不消。

王大叔准备返航了,他叫我把行李扔到山上去。我急忙向他解释,说腰刚动过手术,这活儿不能干。王大叔没有多说什么,我就随他返回了王家村。

我又一次成了一个求职的"逃兵",海岛养鸡还没开始就结束了。

返航时,已是午饭时间,剧烈的饥饿感袭来,后腰又痛,一直隐隐作痛的两颗病牙又来凑热闹,我是又饥又渴又痛,阵阵失落感不断袭来。

我想拿出随带的杯子,俯身到海里舀杯海水喝,一想到海水是咸的,不能喝,只有望洋兴叹。

昨天晚上在象山县城吃的几个包子早已消耗殆尽了,今天早餐粒米滴水未进,我眼前天旋地转了。我想是晕船了,急忙闭目养神,

期望小船快点靠岸到王家村……

下午1点左右,我和王大叔到达了王家村简易码头,并握手分别。

我拖着疲惫不堪的身体,挑起行李担,迈开铅一样重的双腿,离开了大海,离开了王家村。

到达早晨下车的公路边,如梦初醒,连回象山县城的6元钱车费也缺了4元,我站在路边向一些路过的货车、三轮车招手,希望能搭个便车到县城,可没有一辆车停下。

我只好返到公路边的一个长廊里,在一根木条凳上躺下休息,不知不觉昏睡了过去。从这场白日梦中惊醒过来时,连身在何处也不清楚了。眼前的一切是现实,还是梦境?

待头脑清醒,沿公路南下,我到了象山县石浦镇。不行,要设法重返象山县城才行,我心中顿时产生这样的念头。

第二次身无分文

一时没有便车可搭,我就挑起行李往象山县城方向缓慢地走。

在烈日下步行了半小时,实在是饥渴乏力得不行了。正好一辆中巴车从身后开来,我就站在公路中间招手拦车。中巴车停在了公路右侧,我使出最后的一点力气,肩挑行李跳上中巴车,未等我坐下来,车就向前飞驰而去。

我放下行李,一看车上售票员和驾驶员,正是我大清早乘坐的同一辆中巴车。可能是我的两大袋行李比较显眼，售票员一眼就看出了我，我向她说明了实际困难，告诉她工作没有落实，身上总共只有2元钱了，连早餐、中餐也没有吃。她看我也不像骗子，同驾驶员打了招呼，同意我坐到象山县客运中心，我把仅有的2元钱给了她。

下午3点，中巴车到达象山县客运中心，我再三向售票员和驾驶员道谢，随后匆匆别过。

走出出站口，路过一个小卖部门口，一阵烤马铃薯的香味飘来，惹得我口水直流。

我坐在售票处前的花坛边，已身无分文，却饥渴交加。我去洗手间洗了脸，刷了两天没有刷的牙，又咕咚咕咚喝了三大口自来水，缓解一下饥渴。

真是到了山穷水尽的地步，不然就是打死我也不愿伸手向亲友求助。

这已经是我四次"长征"战略大转移中第二次身无分文"陷河东"了，第一次是在浙西的义乌城，这次是在浙东的象山县城。

我厚着脸皮问了几家小商店的老板，可否先打电话，后付话费，没有一个同意，有几个老板竟然还要我付50元押金，再打电话。

我又转到候车厅的一个小商场内，柜台上有一台公用电话，我走过去同老板娘谈了谈，说以身份证和行李抵押，先打电话，待家人把钱打到卡上后，我去车站外的一个工商银行取款机取出来，付电话费。她同意了。

我联系上了一个亲人，长话短说，让他给我农行卡里速打几百元钱。

为省下跨行取钱的手续费，我走了40分钟在一家农业银行取出了100元人民币，付了1元钱电话费。

花了2元钱买了些烤马铃薯，又花了1元钱买了一个大饼，讨了一杯白开水，就当一日三餐合并吃了。这一天，在象山的生活费合计3元钱。

乘轮渡转到鄞州

收到了数百元钱，吃了3元钱的食物，我好似一辆半路断了汽油的汽车加了油，又可重新上路了。

我又开始考虑下一步向何处去求职，想到昨夜抄来的另一个招聘电话，就用公用电话去电联系，得知该翻砂厂在象山县贤庠镇，对方叫我过去参观一下再决定。

我吸取了上午去海岛求职的沉痛教训，再也不敢去海上求职了。

我一看时间已不早了，必须在下午下班前乘车赶到贤庠镇，二话不说就乘公交车去了象山汽车东站，随后乘上了去贤庠镇的中巴车。

傍晚5点前，我在贤庠镇不远处的乡镇公路边下车，向大海边的一个工业小区寻找翻砂厂。我去了两家翻砂厂询问，他们都不需要人，原先联系的那家翻砂厂也找不到。

我只好回到下车的公路边。

贤庠镇，系象山湾的一个港口小镇，我所在的位置离镇上有十里路。

　　此时已没有去象山县城的班车了。我正发愁时,一辆中巴车从县城方向开来,我急忙招手,中巴车刹车停下,我飞奔上车。还未等我开口询问车费和车子开往哪里,中巴车就在一个码头边停下来了。驾驶员没收我车费,叫我赶快下车,一同下车的还有一位妇女。

　　我第一次看到了真正的码头,虽然我也不知道这个码头叫什么名字。跟着那位妇女到了一个关口,在那里我买了5元钱一张的船票,准备坐渡轮。

　　夕阳西下,晚霞照射在码头上,一片金黄色。我随人流、车流走上了一条大船,大船底层已停满数十辆大大小小的货车、客车、小汽车和摩托车。我上了二楼的船舱,船舱里有座位,有大屏幕电视机,还有小商店和卫生间。我问了旁边的旅客,这大船叫什么船,对方告诉我叫轮渡船。这是我第一次看到轮渡船,也是首次乘轮渡。

　　我走出船舱,站在有护栏的船舷上,任海风吹在脸上,大轮船慢慢启航了。

　　抬头就是碧海蓝天,夕阳的余晖照着海面,波光闪闪。任海风轻拂,想起海岛遭遇,觉得此刻活在另一个世界。

　　我也不知道这艘大船会把我带向何方,其实去哪已不重要了,对一个流浪汉来说,到处都是家。

　　船行驶了约50分钟,在对岸横山码头靠了岸。

　　夜幕降临,我已身处宁波鄞州的地界,有几辆宁波市区的出租车送客到横山码头,问我是否要乘回程车到宁波市区,车费是60元。我是无论如何舍不得花钱打的的,码头边虽有几家宾馆,我也

不可能去住宿的。我走到了离码头不远处的一条公路上,向路人打听后才知,路的一头是奉化溪口方向,另一头则是鄞州方向。

我决定向鄞州方向前进,走着走着,身边停下了一辆小面包车,女司机问我去哪里,我说就到前面最近的一个镇,她说 15 元带我到那里,我习惯性地还价到 10 元钱,就坐进了副驾驶室。

女司机同我年纪差不多,看起来十分干练,自称已有二十多年驾龄了。

我坐上车后,发现已天黑了,面包车没有开远光灯。女司机说,车灯早坏了,也没有时间去修,她看我提心吊胆的,就劝慰我放心,她在这条路上已开了十多年,路况很熟悉的。可以我的视力看出去,车是无法开的,我只有佩服她的驾驶水平高超了。

面包车开了不到半小时,集镇到了,我付了 10 元钱就下了车。

看到街道上鄞州区咸祥镇的店招,我才知道这是咸祥镇。走进镇里的一条小巷内,看到一家旅馆,进去一问,最便宜的房间是 30 元一晚,为了洗一下多日没有洗的身子,再清洗下换下多天没有洗的夏衣裤,我决定住下来。

谁知,我用洗衣粉浸泡好衣服,刚用手一搓,那件老人头牌直条纹的短袖衬衣就破了。这可是我最像样的一件衣服。

洗完澡,我在房里喝了十多杯开水。

这是我 7 月 2 日从江苏昆山南下浙江后,第二次投宿旅馆,也是我 2010 年流浪求职中最后一次住旅馆。

宁波、北仑、镇海求职

8月底的一天上午,我离开了小旅馆,去咸祥镇走了一圈,四处打听,这里的企业都是造船的。我只会造木结构的房子,不会造船。中午,我就乘城乡公交车返回了宁波城。

夜里我回到了离开三天的宁波火车站南广场,好似一个游子回到了母亲身边,宁波火车南站已成了我流浪的"新家"。

该夜与一个南昌大学毕业的小王同学在广场上长谈社会、人生,直到凌晨2点才席地休息。小王是来宁波考察就业环境的,准备第二天早晨回南昌再去读研究生。

大学生小王听了我悲壮的人生经历后,深受启发,他说:"在你这里听到的事情,在大学教授那里是听不到的。"凌晨5点快分别前,他拿出笔记本一定要我签名题字。我在他眼里简直成了一个苦难明星。

我在他的小本子上写下了:正直做人,正直生活。跟对人,做对事。挣钱是一种责任,健康更是一种责任。最后一句是:生活中远离赌、毒、高利贷。

写好后,小王收起小本子,再三感谢我。临别时,硬要送我一瓶矿泉水和两个茶叶蛋。

第二天一早,我又死性不改直奔宁波人才市场。老人头衬衣破了,我只好随便挑了件其他衣服穿。我看到一家地址在奉化的机械厂招聘营销员,去询问了一下招聘的女青年。她把我上下打量一番,委婉地对我说:"对不起,我们公司是很注重员工形象的。"

经过近两个多月的流浪奔波,我比一般的农民都不如了,至少农民还有健康的身体作资本。我决定不去什么人才市场找工求职了,我不是个人才。

接着几天,我早出晚归,奔波于北仑、镇海的劳务市场,求职、面试一番后还是没有找到合适的工作。

这是我在宁波最后一次绝望的大求职。

暴风雨之夜

8月下旬,"秋老虎"马上过去了。

傍晚我从镇海乘末班车返回宁波火车站。头顶乌云飘来,天边刮起了秋风,眼看台风就要来了。

9月1日凌晨3点,我在广场老地方睡着,一场雷阵雨把我惊醒。我火速挑起行李往候车厅前的雨棚下转移,突然脚被什么东西绊了一下,摔倒在地,瞬间左脚像摔断骨头似的疼痛,我忍着剧烈钻心的痛,爬起来继续向前走。到了雨棚底下,一摸,脚虽没有出血,但已不能走动。

第二天早上,我的整条左小腿肿起来了。一上午我就坐在候车室前面的石阶上,下午我无论如何要离开宁波。

尽管宁波这个港口城市没有给我留下多少好感,但真要离开那度过了十几个夜晚的宁波火车站南广场，我还有点舍不得。我再一次去坐过睡过的地方看看坐坐，向我人生非常时期的流浪"新家"做最后的告别……

第二十章

败退杭州"老家"

2010年9月1日晚上9点,我在宁波火车南站乘上了到杭州的列车。

午夜前,列车到达杭州城站。下车后,不知怎的有种回到"老家"的感觉,对于一个流浪者来说,杭州城站一楼和地下室已成了我"疗伤"的"老家"了。

这次败退杭州城,特别是8月份尝尽了在绍兴、诸暨、义乌、嘉兴、余姚、慈溪、宁波、象山、北仑等地流浪奔波找工之苦后,我心意已决,再也不东奔西走了,不管好坏都要在杭州找一份工作。

我刚想在城站一楼席地休息,就看到了在宁波一道求职、一起夜宿的石家庄人,意外重逢,分外欣喜。

第二天天刚亮,我们就步行前往乌龙庙劳务市场。

雷阵雨中求职

到了乌龙庙,我们才知道这里是杭州外来劳动力服务中心。市场外到处是打着赤膊睡着或坐着的农民兄弟,身边放着大包小包的行李。

上午8点,市场开门了,我进去一看,都是些劳务中介公司。我转了一圈,看了贴在墙上的招工信息,大部分工作岗位跟我都不对口。临近中午,在一家中介公司展板上看到杭州余杭勾庄一家展柜公司招木工的信息,月薪7000元左右,欣喜中我付了20元中介费,拿了一份面试通知单,高兴地走出了劳务市场。

我按照介绍信上的乘车路线向目的地出发,坐在有空调的公交车上,回想起近三个月的求职经历,感慨近26年的工作积累,一点也用不上,倒是早些年学的木工手艺在人生落魄的时候拯救了自己。

下午两点左右,我转乘公交车到达勾庄。

一下车天空乌云翻滚,遮天蔽日,东南方向已有几道长长的闪电,一切都预兆着一场雷阵雨就要来临了。

我挑起随身行李,背起皮包,一边向路人打听展柜公司的地址,一边没命地跑,想赶在这场雷阵雨前找到展柜公司。

我在路上奔跑着,突然间,狂风大作,雷电轰响。我急忙脱下鞋袜,放进尼龙袋里。接着,骤雨夹着闪电斜打向大地,不到十分钟,

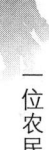

一位农民工35年的寻梦之旅

街道成了河道，我像落汤鸡一样躲进不远处一家企业的保卫室，里面的保安是个女的，很礼貌地让了一条凳子给我坐。

这场雷阵雨足足下了一个半小时才停止。

雨后天晴，我赤脚涉水找到了展柜公司，先去展柜制作车间参观了一下，有几个木工师傅在干活，车间矮小，光线很暗。我的脚不知被什么绊了一下，整个人差点跌倒。看着我的同行们能在这样的光线下干活，而我眼前一片模糊，我就知道我的眼睛已经不适应这样的环境了。一打听工资按件计酬，动作最慢的师傅也有7000多元一月，个别师傅日夜加班月薪甚至超万元。

尽管工资很诱人，但我知道自己已干不了这份工作。

我穿上皮鞋来到办公室，拿出面试通知单，叫办公室主任签上面试不合格，以便到劳务中介公司退回15元钱。

遇抢劫

9月中旬的一个星期日中午，因双休日杭州的劳务市场都不开门，我就在杭州城站附近的一家小超市前面闲坐。刚想挑起行李返回城站，前面两个高个子男子拦在了我面前，其中一个满脸通红，酒气冲天，好像刚喝过酒，气势汹汹地说我骂他；另一个平顶头则冲我说："老乡，给5元钱买包烟抽！"

我一时丈二和尚摸不着头脑，以为这是在演戏。

仔细一看，来者不善，今天可能遇到"劫匪"了。这里虽是闹市区，离火车站又不远，但不巧，周围 20 米内空无一人，我也懒得搭理他们，挑着行李想自行走开。谁知醉汉拉住了我后面的袋子，说我想跑。那个平顶头男子拉住我的衣服，我怎么也动不了了。

我放下行李对他们说："你们看错人了，我连工作都没有找到，哪里有钱？"此时，醉汉凶相毕露，硬要我掏出 5 元钱。

我本想动手打一架，但考虑到双拳难敌四手。况且，我已不如 20 多年前身强体壮了，如果打得非死即伤，哪里有钱去医院救治？

为消灾，我从纸皮夹里拿出 5 元钱给醉汉，可不小心把一张 10 元面值的人民币掉在了地上，未等我去捡，平顶头男子已抢了去，他们抢了钱便扬长而去。

我追赶了几步，想要回那 10 元钱，但深恐行李被小偷拿走，又回来了。只有自认倒霉，心中十分心疼这 15 元钱。这 15 元钱，对于一个流浪汉来说，就是三天的生活费，是我的救命钱。

在饥饿中找工

9 月下旬，为了能在国庆节前找到一份工作，我奔走于杭州的良渚、转塘、临平、笕桥及双浦等乡镇企业。

找过的一堆工作一律是苦、脏、累、臭。工作时间每天在 12 个小时以上，多的要 16 个小时，报酬一般都在 2000 元左右。

有些工作岗位由于我自身的原因，无法胜任；有些确实是工作环境太恶劣，我不想干。

就像周浦镇的一家电力器材厂，我应聘了那里的打磨工岗位，去车间一看，有的工人在切割钢材，火花四溅；有的在焊接钢材，强光射来，连眼睛也睁不开；有的在磨焊接处的凹凸处，机器发出的声音震耳欲聋。我站在一个打磨工人的旁边看他工作，他整个人被车间的声、光、电包围着，火花、电光溅射到身上和脸上也无暇顾及，两只耳朵也被震得听不见人讲话。

这哪里是车间，分明是"战场"，别的不说，光我的眼睛也受不了这种刺激，我非常敬佩干这些活的农民工，他们为了养家糊口，甘愿承受如此恶劣的工作环境！

由于每天穿梭在杭州城站、劳务市场及用工企业之间，就算整天不吃不喝，也要花掉10元左右的公交车费，没过几天我口袋里的钱用去了近一半。

几天过后，我身上又仅剩两个1元的硬币了，我花了2元钱乘公交车到杭州市江干区的七堡，想去那里的服装厂找一下工作。乘上公交车时已下午4点左右，因为饥饿、劳累，一跳上公交车就昏睡在座位上了，梦里我看到一碗热气腾腾的青菜汤面，嘴巴不自觉地吧嗒了几下。

昏睡中隐约听到公交车报站说七堡站到了，我惊起，拖下行李下车。双脚一着地，仿佛踩在海绵上，整个人差点向前扑倒。我已饿得两眼冒金星了，硬把两大袋行李拖到公交车站后边，身体倒在行李上靠了一下。休息一刻钟后，我开始四处找服装厂，在七堡村的街道边看到一家制衣公司，就走上楼去看看，在二楼车间看到数十个青年男女戴着口罩在工作，车间内羽毛飞舞，像是在做羽绒服，负责人已下班回家了。

走出羽绒服生产车间,来到七堡村街上,我已饿得前胸贴后背了。

我心已决,不再向亲友伸手要钱了。我一个四肢健全的人,总不至于沿街乞讨吧!

身上唯一值钱的就是两部手机了,其中一部是当手表用的,是移动公司免费赠送的,还挺新的,如今也只能出售这部新手机换点钱了。

卖手机救命

我在街上找到了一家维修兼零售手机的小商店,问店老板是否回收手机。我拿出手机让老板估价,他开了个价30元,我央求他可否给50元。他直接说:"超过30元就不要了。"我只能答应。

当我拿到3张10元面值的人民币时,知道这是我最后的救命钱了。

我在手机店旁边的快餐店,花了4元钱吃了快餐,可怜我已有十多天没有吃过一顿像样的快餐了。

过了中秋,天气转凉了。

夜里回到城站火车站,在火车站一楼过道,夜风吹进来,寒意十足。后半夜我同一些流浪者同胞们就转移到城站的地下室出口两侧休息。

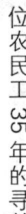

午夜我们背靠墙坐在地下室休息,一个瘦弱的小青年向我们走来,问我们去不去浙二医院门口排队领号,50元劳务费,第二天早晨7:30分就可下班。

我当即同意去排队,并叫我旁边的一个绍兴小青年一道去。

绍兴小青年今年21岁,父亲上半年去世,母亲下半年刚改嫁,他孤身一人。他告诉我家里的老房子已被叔叔强行霸占,已没有家了,才到杭州流浪。白天他捡矿泉水瓶卖,每天也有20元左右收入,他的目标是有朝一日能攒到200元钱。

挨打

我们随瘦弱小青年步行到浙二医院,到了那里才知道我们是为"号贩子"代挂号。午夜后,每到整点去保卫科领号、换号。

凌晨1点前,就陆续有人深夜来杭州浙二医院保卫科排队领号,我去得比较早,领到了3号。领号后,我们就在旁边一个通宵网吧等待,等到凌晨2点前再去排队换号。一位专家每天只看20个病人,医院为防止号贩子垄断有限的号源,才出此下策,看病的人也只有熬长夜排队领号、换号。

一眨眼又到了凌晨2点整点换号的时间,我同绍兴小青年在网吧打了个盹,被号贩子一巴掌打醒,连忙跑去浙二医院保卫科,不料已过2点整,这样我原先领的号要作废了,我再三求情说好话,医院保卫科才给我换了一个19号。

挨了打后，我和绍兴小青年吸取教训，在网吧轮流打盹，后来干脆就不睡了，怕误了整点换号的时间。

早晨7点整，是最后一次换号，我们凭号拿着号贩子给我们的"客户"（病人）的身份证和门诊病历卡去医院二楼挂号。

挂好号后，我们把挂号的证件都交还给号贩子，他们给了我和绍兴小青年各50元钱。我领了钱去大街上的早餐摊吃了早餐，又去乌龙庙劳务市场找工。

经历了人生第一次被人打，发昏的头脑似乎清醒点了……

搬家公司打短工

这天，我刚到乌龙庙劳务市场门口，一个男子问我愿不愿意做搬家工作，一天工资60元，夜里就结清当天的工资。我估摸自己体力恢复了，就答应了，一道去的还有一个安徽阜阳男子。

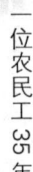

我们坐上搬家公司的货车，货车在九堡的一家工厂前停下。我们的工作是从一幢房子的五楼把展窗橱柜搬到楼下，再装上货车。

一道去的安徽人整个下午都在叫累死了，其中3人手脚压伤了，一个头破血流。我在夜里7点时搬一个数百斤重的大橱，倒退着走阶梯，一脚踏空，险些后脚被压断。直到晚上10点，我们才歇工。算下来一整天上下往返了数百次。

夜里我在搬家公司吃了免费晚餐，还喝了一杯白酒，领到了60元工资，接下来几天我又去了。

我不怕干重活和苦活,可对气味和粉尘很敏感。

通过几天繁重的体力活锻炼,我知道自己的身体可以干体力活了。

下一步,就是要自食其力,解决温饱问题,决不做饿死鬼。

每逢佳节倍思亲

一眨眼就是国庆节了,我还没有找到一个固定的单位上班。

10月1日,杭州各大人才市场、人力资源市场都不开放。我也决定给自己放一天假,早晨5点我从城站步行前往位于杭州市文二路的新华书店,准备在那里看上一天书。

我的双脚经过三个多月每天几个小时的徒步锻炼,完全可以参加马拉松比赛了。久而久之,挑着百余斤重的行李长途跋涉数十公里对我来说已是家常便饭。

对于一个流浪者来说,时间是不值钱的,可我仍感到流浪的日子也过得特别快。

我看了一整天书,做了些笔记,以便平时阅读。做笔记是我几十年来的读书习惯了。

夜里我又乘公交车回到杭州城站过夜。

国庆节的杭州城站,南来北往的旅客比平时多了几倍,有返乡或来杭打工的农民工,有来杭州天堂旅游的国内外游客。

这些人都是火车站的匆匆过客,只有我是这里的"常住客",我非常羡慕人家有家可归,我何年何月能荣耀回家呢?

这夜,我在地下室同一个江西景德镇来的31岁农民工小朱做伴而睡。小朱对我说:"我17岁就出门打工了,一算已有14个年头了,几乎跑遍了浙江的主要城市,一直在服装厂做缝纫工,今天刚从杭州七堡一家服装厂辞工,最后一个月的工资要10月15日才可结算。"小朱准备在火车站体验一下流浪生活,直到15日拿工资。小朱又对我说:"我已厌倦了这种死水般的打工生活,只要一走进车间就头痛,一看到缝纫机就心烦,所以就坚决辞了。下一步准备去义乌小商品市场进点小商品到温州摆地摊,从小生意做起。"

接下来几天,小朱也不想走动了,白天买几份报纸看,以打发时间,我把两件行李托他照看,背着皮包去逛杭城……

第二十一章

冬天来了

2010年的冬天来得特别早,国庆节过后,一股强冷空气从北方南下。

国庆节期间,在杭州一个老城区,我看到一处复古建筑群工地,有几个木工师傅在造木结构房子,便过去问招不招工。一位自称是绍兴诸暨的木工让我先刨几下木材,他一看我手势非常熟练,就让我先干一天。午餐是诸暨师傅买的。下午6点下班时,他硬要给我120元钱,我说60元就够了,后经不起推辞,我就收了100元。后来我又去做了几天,工程完工,师傅还给了我手机号码。

我考虑到这样三天打鱼两天晒网的打短工也不是长久之计,于是在10月中旬,又去了诸暨、绍兴、慈溪、余姚转了一圈。记得一天中午在慈溪周巷一家服装厂求职,因是中午吃饭的时候,我去车间时只有一个小姑娘在做衣服,我问她是哪里人,今年几岁,小姑娘说是江西人,今年17岁。她又问我是哪里人,我说是绍兴人,小姑娘怎么也不相信我是绍兴人。因为,这是她第一次遇到绍兴人外出打工。我说绍兴也有穷人，有打工仔的。想来我真是给鲁迅先生的故乡抹黑了。

10月下旬，我又返回杭州城站火车站，通过最后一次去绍兴、慈溪找工，我对那里已彻底地心灰意冷了。

10月底的那几天，冷空气又向杭城袭来。杭州城站一下子多了许多"常住客"，这些人像是过冬的候鸟一样，不知从何处迁移而来。老弱病残、男女老少都有，有的手拉着自制的木板四轮车，上面捆装着大包行李，有的手推28吋老爷自行车，书架后座上驮着大包小包。每到夜里9点，大家都陆续来到地下室过夜。

与跑路官员为友

杭州城站地下室有内部安保规定，每晚10点以后，行人才可以席地躺下休息，因为挡在火车站"出站口"，会影响旅客疏散。

我一般在夜晚10点以后才去"老地方"，坐到午夜躺下睡觉，是每天回城站地下室最晚的一个"常住客"。一天夜里，碰到一位"处级干部"，他因贪污"潜逃"流浪杭州。白天给人看相算命，挣点生活费，过了午夜就来城站地下室。他非常爱干净，睡觉的时候先在地上放一层报纸，再在上面放一块床单，同我一样一个皮包当枕头用，身上只盖一件军大衣，这几夜每夜睡我身边。他年纪同我差不多，只与我略谈几句，从不同其他人交谈。

一天凌晨，由于气温下降，睡在大理石地面上已经很冷了，我们就索性坐起来轻轻地交谈,等待天亮。

我们互相检讨人生所犯的错误,他悲观地对我说:"过着这种逃亡生活,生不如死。只盼望死期早点到来。"又说:"我们这些穷光蛋能在地下室过夜,免受风吹雨打,洗手间还可以免费洗脸、刷牙,真是好。"

后来又遇到一个跑路官员,他是浙江沿海一个县的镇委书记,比我大3岁,他叫我老乡,我叫他老乡哥。我们是每晚7点至9点的两小时友人,白天只要天不下雨,他就环西湖走一圈。下雨天就整天在城站一楼闲坐消磨时光,夜里9点以后就离开城站,我也没有去问他住在哪里。

有几次闲谈时,我劝他去自首,坐几年牢就可以出来的。他说:"进去毕竟总不自由的,死期早点到来就好。"我在两个跑路官员身上看到了相同的人生观。

不过,他说我很乐观,心还没死,还有希望和梦想,会有东山再起的时候。开玩笑说有朝一日我做了老板,赏他一碗饭吃,我听着苦笑着点点头。就这样,我们在城站长谈社会、人生……

大"破产"

10月下旬开始,每到夜里,特别是后半夜,两颗蛀牙持续闹痛,苦不堪言。

10月30日下午,我路过杭州市中医院门口,挂了口腔科的门诊号。我本来是想去简单查一下,再配点消炎药的。口袋里只有200块钱,换牙想都没想过。

口腔医师看看我无意换牙,便在我左边那颗疼得最厉害的牙上塞了药棉,我问:"多少钱?"医师说:"不收钱,看你也挺可怜,提供人道主义帮助。"我说声谢谢离开了杭州市中医院。

走出医院大门,已是傍晚快下班的时间了。街道上落叶纷纷飘下来,西北风吹在身上,已有寒冷之感了。我步行在人间天堂杭州的大街上,向着城站方向走着,满是凄凉之感。

当我走到解放路杭州市新华书店时,想去一下卫生间,营业员说卫生间在四楼,可我的两大袋行李不方便挑上去,想寄存在柜台,他说不办理寄存。我只好把行李放进一楼的一张长方桌下面,只把皮包背在身上。

下楼时,在二楼电梯口看到几本很好看的书,就爱不释手地坐下看了起来,一看就2个小时。等我下楼时,发现跟随我横跨苏、浙、皖三省20个城市近5个月的两大件行李不翼而飞了。

我急忙去问营业员,他们都说不知道,我又去问门口的保安,保安说:"一小时前搞卫生的清洁工人把两件行李拿出来放在新华书店门口大街上了。"

这时,新华书店快关门了。我又去问营业员,保洁员的手机号码是多少,营业员说:"保洁员是保洁公司派来的,我们也不知道。"我只有待明天上午再来问了。

我坐在新华书店大门口,一副失魂落魄的样子,像丢掉了孩子似的,呆若木鸡。这行李好像比我那两套房子还珍贵,失去它们让我心痛不已。

我把新华书店周围的所有垃圾桶翻了个遍,也没有看到那两袋行李,一直在新华书店大门口等到午夜,希望有人能送回来。

眼看希望渺茫了,我才垂头丧气地向城站走去。

到了城站,准备去洗手间洗手、洗脸,方想起香皂、毛巾、牙膏、牙刷等日用品都放在大行李包中,这倒好,连最起码的卫生也没法搞了。

我一时舍不得再花钱去重新购买生活用品,就用清水冲了把脸。

第二天一早,去洗手间镜子上一看,满脸胡子,电动剃须刀也丢了,真不知如何是好。

这时候,我越来越感到两大件行李丢失的严重性。冬天马上到了,毛衣裤都没了。更伤心的是5个多月150多个日日夜夜写下的十多万字"流浪日记"、有数千个电话号码的通讯本,以及自己编写的三本书,都一同丢失了,这些都是用金钱无法买到的。

这两大袋行李伴随我150多个日日夜夜,曾经在饥寒交迫、疲惫不堪时,真想狠心丢了算了,可最后还是舍不得丢掉。

为此,我又一早乘公交车去杭州市新华书店寻找,无果,只有自认倒霉了。

这是我在2010年下半年流浪、奔波和求职岁月中的又一次另类"倾家荡产",我成了一个真正的无产阶级革命者了……

劝救轻生男子

11月上旬的一天晚上,我在杭州城站一楼闲坐着。一位30岁左右的男子在我旁边坐了下来,他说自己姓朱,是浙江湖州人。

小朱是个直肠子,说:"上半年5月份,欠下了数十万高利贷赌债,还不起就外逃了。"出门前亲朋好友送给他8万元钱,在近半年时间里,他坐飞机、乘动车、高铁跑遍了全国主要城市,去过东北的吉林、黑龙江,南方的广州、海南,西南的昆明,以及山东青岛、威海和上海等地。有时一张机票就能花去上千元,而住宿费每夜都超300元。

小朱没有像我这样每天省吃俭用到处流浪找工作,只是瞎跑乱转了一圈。昨夜身无分文到杭州城,已有两天两夜粒米未进。

我听了他的情况后,严厉地批评他乱花钱。他又对我说:"之前我是个做铝合金门窗的小老板,家中有车、有房、有妻儿,生活早步入小康了。"只因赌博的恶习难改,债台高筑,他同我一样敌不过复利的"高利贷"围剿,才被迫离乡背井跑天涯。

他又后悔莫及地对我说:"出走后,我已多次伸手向家中父母要钱,他们也陆续给我汇过数万元,今天已无脸再向亲人要钱了,不如去钱塘江投江算了。"

我知道小朱有自杀的念头后,开始劝导他,给他讲了我的人生经历。小朱听后,觉得相见恨晚,说如果早几个月前两人相遇的话,

还可合伙做点小生意。

经我苦口婆心地劝说,小朱放弃了自杀的念头。他说我是他的救命恩人,为了父母和女儿,一定要坚强地生活下去。

我对小朱说:"从明天起随我一道去找工作,一日三餐节约点,我吃什么,你吃什么。"

我同小朱成了好朋友,他叫我梁叔,我俩一起住在地下室。

接下来几天,我俩每日生活费合计不超过25元,我从牙缝里省下来分给小朱一点,风雨中,我们一起找工作。小朱毕竟年轻,工作相对好找,后来他去了一家小餐馆当服务生,包吃住。而我则陷入了求好工作无望的怪圈中。

饥寒交迫

11月中旬,杭州城气温骤降。

漫漫冬夜,身上只穿着秋衣的我在杭州城站地下室瑟瑟发抖。

为了搞个人卫生,我忍痛花费几十元钱重新买了毛巾、牙膏、香皂等生活必需品,可冬衣之类因工作还没有落实,我舍不得买。

再说,我身上确实没几个钱了。

满脸的胡子已有半个月没有刮了,长得跟马克思的大胡子差不多了。我到劳务市场去找工作时,许多小青年都叫我老爷爷了。

为了把自己打扮得年轻些,我到城站旁边的小商店,买了一把张小泉小剪刀,照着停在路边的电动车反光镜,用小剪刀剪掉了蓬乱的胡子……

每到午夜前后，我就在城站地下室摊几张旧报纸穿着单薄的秋衣睡上两个小时，实在冷得睡不着觉了，就起来把窝挪到地下室的卫生间，那里略微暖和些。再不行就到处走动走动，让身体暖和些。

我每天早出晚归去杭州大市区寻工作，一天要花费公交车费10元以上，可花在吃上一天最多不超过10元钱，也从来没有一日三餐的概念，不饿死就好。有时我为节约2元钱公交车费，步行十多公里，甚至二十多公里，体能消耗很大，还要和饥饿做斗争。

我下决心必须赶在下雪前，在仅有的一百多元钱花掉前，落实打工单位。

总结了近半年的流浪求职经验教训，我坚决放弃了去工厂车间打工的念头，哪怕是去干苦活、累活、重活，也不去食品、机械、化工类企业了。

同小偷做伴

随着严冬的到来，城站地下室每夜人满为患。

人群中有来自贵州安顺二十多岁的逃婚女青年，有穿军大衣的流浪男青年，有捡破烂的老人，有乞丐，有瞎子，有犯严重哮喘病的患者。

一个40岁左右打扮端庄的北方中年妇女也成了地下室的"常住客"，她说："之前在政府部门任职，受到牵连和打击迫害，脱离了

'白领阶层'生活,离异后到南方杭州流浪。"前天夜里,她的前夫好不容易找到了她,代表他们的儿子来劝她回家,劝了一夜她仍无动于衷,前夫一气之下大清早就乘火车回去了。

这几天,有一个东北小偷,每天晚上10点左右就到我身边讨要一张报纸,然后在我边上坐下,他同我也聊了几句:"最近几天生意不好。"小偷一般不偷地下室"常住客"的,他们也知道这些人身上没有多少钱,而是去偷半夜前后匆匆下车出站的乘客的。因为这些人有的刚从老家来杭州打工,有的在杭州打完工准备回老家,大都身上备有现金。他们是小偷的目标客户,只要在地下室一逗留,就有可能被小偷盯上。

虽然值勤民警每夜用半导体喇叭喊叫,提醒大家注意小偷。但是,每天夜里总有人不是钱包被偷,就是行李被偷。

有一夜,凌晨1点,一个男子刚下火车,为节约几十元住宿费,放下行李睡在离我不远处,头枕着皮包。半夜我被抓小偷的喊叫声惊起,原来男子的皮包被小偷偷走了。他空追了一程无果,哭喊着离开了地下室。

离天亮还早,我想躺下睡半小时,刚躺下不久,右侧裤袋那里传来一种微微麻木的感觉,我本能地伸手抓去,一个二十多岁的男小偷挣脱了我的手跑掉了。反正我裤袋里也没有钱,也没什么好追的。

这就是我和小偷做伴的日子。

牙痛难忍

2010年11月下旬,我的两颗蛀牙除白天隐隐作痛外,每天夜里10点以后,疼痛难忍,不但牙床痛,连整个头都剧烈地痛。长久无法入睡,跑路官员老朋友看我如此痛苦,泪如泉涌,劝我无论如何去牙科看一下。

12月3日后半夜,牙痛连续一星期,我两边的脸都肿得变形了,连眼睛都快肿胀得看不见了。我买了一瓶3.5元的白酒,口含白酒来"消炎"。

冬天的夜特别长,12月3日凌晨4点,我乘通宵公交车去杭州市大关社区卫生院。

早晨,我让妹妹给我的农业银行卡里打进来几百元钱,去口腔科先医治右边痛得最厉害的一颗蛀牙。

长达7个月的漫长牙痛最终得到缓解。

飞雪中求职

12月上旬,我不堪忍受严寒的威胁,联系新昌一个老乡,让他把棉被和旧冬衣带到了杭州客运中心。

老乡把我多年没有穿的几套旧西服还有以前垫箱底的几件厚

实毛衫都塞进一个大蛇皮袋,托我弟媳妇带到杭州来。我另买了一个编织袋,把棉被和衣服分两袋装,又去公园弄来了一根竹竿当扁担,重新挑起两大袋行李。

轻装上阵找工作已有一个多月,突然又多了两大袋行李,十分不方便。但我又舍不得花一天10元的行李寄存费,吸取了上次行李丢失的惨痛教训,一天到晚,我都行李不离身。

有了棉被,却没有草席,晚上在杭州城站地下室,我宁愿挨冻,也不愿弄脏棉被,所以从来没有打开棉被在地上睡觉过。我要等到落实工作单位后,在干净的床上把它盖在身上。

为了防止小偷在夜里偷棉被,睡觉时,我就把那根当扁担的竹竿塞在捆扎棉被的绳套上,这样,只要小偷一拿装棉被的袋子,那根当报警器用的竹竿就会瞬间倒在大理石地面上,发出响亮的声音。

果然不出所料,12月中旬的一个午夜,我刚闭上眼想躺在冰冷的大理石地面上睡觉,突然听到竹竿落地的咣当声,我立马睁开眼,小偷已把我的棉被抢在手里了。我站起来猛地冲过去夺回了自己的棉被,抱在怀里,一整晚都没有合眼。

我对城站地下室既爱又恨,爱的是地下室虽较寒冷,但毕竟可避风霜雨雪。恨的是地下室的冬天,临近新年元旦和农历年底,小偷实在太猖狂了。

又一天早晨,我刚在地下室洗手间洗完脸,放边上的一块香皂就不见了,还有一支牙膏也被小偷顺手牵羊拿走了。

特别是12月10日凌晨4点,我坐在地上背靠棉被打瞌睡,皮包藏在屁股后面,一觉醒来,却不翼而飞了。皮包内有我的身份证、驾驶证和多张银行卡（虽然没有多少钱），这些证件的丢失给我的生活、求职造成了严重的不方便。

因为小偷的骚扰，地下室的常住客们精神有点不正常了。穿军大衣的男青年日夜走来走去，自言自语；中年女子夜里睡觉时，经常说梦话，散着头发跟祥林嫂一样；几个风烛残年的七十多岁老者，无家可归，只好浪迹天涯。

看着他们，我想到如果自己的晚年也这样在外流浪过孤苦伶仃的生活，顿觉不寒而栗。

我意识到不能再这样下去了，要趁脑子还正常、四肢还健全时离开这个磨灭我斗志的大家庭。我不能再做杭州城站地下室的常住客了，我虽然热爱劳苦大众，但绝不甘心过一辈子劳苦大众的生活。我的肩上还负有责任，我的内心还有一点希望的火苗在燃烧，有一股无形的力量在召唤我为梦想、为明天重新去战斗！

就这样，我又连续几天冒着严寒，顶着西北风，挑着两大件行李，奔走在杭州市的几家劳务市场及有关招工单位。

12月14日上午，天气预报称下午起又有强冷空气影响杭城，夜里起有雨夹雪。大清早，天空灰蒙蒙的，偶尔有小雪花飞落下来。

我在心里告诉自己，务必在下雪前确定一家打工单位。

经劳务市场中介介绍，我找了份物流公司装卸工的工作，工作地点在杭州皇姑山，每月工资1800元。中午报到后，我就开始在一个四面通风的雨棚下装货，一直干到夜晚5点才乘坐集装箱车去下沙工业区的另一个物流仓库食堂吃晚餐。

我坐在囚车一样密闭的集装箱车内，车上堆满货物，其他同事

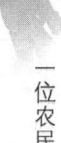

累得都睡着了,我却毫无睡意。突然一个刹车,险些被货物砸破头。

货车开了约40分钟后,到达下沙的物流仓库,我们到简易食堂去吃晚餐。

食堂规定要自备碗筷,我立马跑去附近的村镇商店买碗筷,这时已下起了雨夹雪,西北风呼啸着,我跑了几家商店都没有碗筷,只好饿着肚子返回食堂,时间已过7点了。

其他同事吃了晚餐都走了。因为食堂是临时搭建在围墙脚下的,灯光十分昏暗,我看到橱柜里放着碗筷,就拿出一口大碗、一双筷子,用自来水稍一冲洗,就从电饭煲里打了一大碗米饭,又从一个大罐里舀了两大勺的土豆烧肥肉、大白菜,狼吞虎咽地吃起来。

几块肥肉一吃进嘴里就化了,我清楚地记得那天我一共吃了五块肥肉。我差不多有半年没有吃过一块像样的肥肉了。

啊!这是我自6月份流浪求职以来吃得最饱的一顿晚餐。如果有人把我当时的吃相拍下来,简直可以用"偷着吃"或"抢着吃"来形容。

吃过一顿饱餐,已是夜里8点左右,我被带到一间集体宿舍。宿舍里有6张上下铺的双人床,当时已有11人睡着,管理人员叫我睡到最里边的一张双人床的上铺。

我走过房间中间狭窄的过道,过道中有人在喝酒,有人在打扑克,有人在玩手提电脑,还有两个青年在看一本彩色的美女画册。房间内没有窗户,一股奇异的味道直扑进鼻子,令我差点反胃。

我爬上床,想整理一下床铺,却发现铺着的硬纸板上都是老鼠屎,正想找扫帚清理一下,这时,一个30多岁的男子上楼来,大声叫大家下楼去仓库卸货。我这才知道这个物流公司夜里还要上班。

我跟随大家到楼下的物流仓库一道搬卸大件货物，随便拉了个工人聊了下工作情况，问夜里要工作到几点下班之类。他告诉我到午夜12点才能下班。我第一次知道天下还有这样的工作制，白天中午12点上班，午夜12点下班，除了吃晚餐的半个小时外，一天要工作12个小时。每天中午12点去杭州皇姑山仓库上班，夜里在下沙的仓库上班。

我一边卸着货，一边想着这里的工作环境、工作强度，觉得很没有性价比，决定辞工。

我想找一家单纯上白班或夜班的工作，宿舍最多睡4人。

就这样，我义务劳动了一天，只换来一顿晚饭。我本想在那家公司的宿舍借宿半夜的，可宿舍一个"小头目"模样的男青年说我第二天不干了的话，住在这里需要有人担保，深怕我这个在他们眼里的"外人"偷窃。我与他争了几句后，就赌气挑起行李离开了宿舍。

离开下沙工业区物流仓库，走在一条公路边，时间已近午夜，已没有去杭州市区的公交车了，我想找家小旅馆住宿，可身份证已被小偷偷去，无法住宿。我只好狠狠心花了40元打的费到城站过夜。这是我在近半年的流浪求职生涯中第一次打的……

第二十二章

物流公司长夜班

2010年12月15日早上,北风呼啸,大雪纷飞,杭州城里一片白雪皑皑。

为了从劳务中介所退回15元介绍费,我又乘公交车去杭州皇姑山物流仓库办公室拿回了面试通知单。通知单上只有签上"面试不合格",方可退回介绍费,这样只用损失5元的手续费。这是杭州外来劳动力服务中心为全国求职的农民工着想而规定的。

为了退回15元中介费,我花了6元公交车钱,冒着风雪在中午前回到乌龙庙的劳务市场并退回了15元钱。下午3点,我在另一家中介重新花费20元手续费,拿了杭州乔司镇北方村附近一家物流公司的面试通知单。

这次,我给自己立下了"军令状",哪怕上刀山、下火海,一定要正式上班了,决不再做"逃兵"。

傍晚5点左右,我在乔司镇北方村公交站下车,天空仍下着鹅毛大雪,路上的积雪已高过脚面。雪天的冬夜,暮色苍茫,我走在简易的村道公路上，没有遇到一个人。我手拿面试通知单，看不到人问路又没有公用电话可打，寻找了半小时后，竟然在雪夜里迷路了。

茫茫白雪中出现一道光芒，前方有一户人家亮着灯，我穿过农田来到临时搭建的雨棚下。一个男人刚好走出门来倒水，我立马上前问路，他大声惊叫着："你也太胆大了。"看我站立着，又对我说："亏得我家的大狼狗刚才没有发现你，不然非把你咬成重伤不可。"

他给我指路后，叫我赶快离开，我又一次躲过了"意外伤害"。

过了晚上6点，我终于踏雪找到了物流仓库，办理了报名上班手续，当即投入紧张的长夜班劳动中。

12月15日夜，我结束了长达半年之久的苏、浙、皖三省20个城市流浪、奔波求职找工的苦难生活，找到了"落脚点"，确定下工作单位，开始了全新的打工生活。

我的工资是每小时5元，上的是长夜班，从晚上6点干到早晨6点，共12小时，一晚上60元钱。夜里11点左右，单位会提供夜宵，从小到大从来不吃夜宵的我第一次吃起了夜宵。

前半夜，我一个人卸下12米长的集装箱货物7车，计大小货物数千件，最重的货物超过200斤。我刚领的劳保手套戴了不到一小时就破了。

午夜后，我又参与了货物分拣工作。凌晨2点以后，要把分拣堆放的货物用推车推出物流仓库，再装上发往全国各地的指定集装箱车。集装箱车停在室外临时搭建的场地上，风雪吹到我身上，冷得直发抖。

可能是前天夜里在杭州下沙的物流公司食堂吃了两大碗米饭

和五大块肥肉的缘故，虽然数个月没有睡过一个像样的觉，白天又冒风雪奔波了一天，我也没有感到特别累。

经过半年的"长征"，又经过几天搬家公司繁重的体力劳动的锻炼，我的身体已逐渐适应了高强度的体力劳动。

长夜12个小时，我马不停蹄地奔跑着。我是物流仓库14个人中年纪最大的一个。第一个夜晚我挺过去了。

睡暖被窝

12月16日早晨6点，我们迎着飞雪下班了。

物流仓库承包人叫我和一个广西男青年睡同一间房子，我们穿过一处田间小道，到了一个叫河南村的居民房三楼，房子是物流公司统一租的。

我放下行李，打算先去村镇街道的小吃店吃了早餐，再回房间休息。

出租房里已有三个男青年住着，室内有独立卫生间、厨房。房间里安放着两张双层床，我睡在一位安徽合肥籍小青年的上铺。这是我第一次睡双层床，也是我自懂事起第一次吃了早餐后在大白天睡觉。

我睡在上铺狭窄的床上，把老家带来的棉花被对折后，钻进了被窝里。我又在被子上面盖了几件冬装，感觉睡着十分暖和。终于可以躺在床上了，我却睡意全无，6个多月以来背井离乡在苏、浙、皖三省20个城市遭受的酷暑蚊叮虫咬,冬天饥寒交迫睡杭州城站地下室的苦难情景,在脑海中一幕幕浮现。

同宿舍的三个工友已习惯夜里上班,白天睡觉休息。他们中饭也不吃,一直睡到下午5点才起来吃晚餐。

我半睡半醒地躺了两个小时,中午11点就起床去食堂吃中饭了。公司规定,中、晚餐和夜宵是免费的,可以放开肚子吃饱。

中饭后,我同一个四川成都籍小青年和一个河南驻马店籍中年男子一起去附近的村庄散步,此时大雪已停,太阳出来了。

吃过晚餐后,我直接去物流公司仓库上班。

我在物流公司仓库干到第三夜时,右手肩膀处剧烈地疼痛,整只手好似要断掉了,我咬紧牙关继续装货、卸货,在严寒长夜中奔跑于仓库和集装箱之间。

连续疼痛了三个晚上后,也就是从上班第六天起,右手就不怎么疼了。

物流公司仓库的打工者来自全国各地,浙江人包括我在内有3个,另两个一个是龙游人,一个是湖州人。据承包人说我们三个浙江人最勤劳老实,从不偷懒。看来我们没有给浙江人抹黑。

一日有三餐,夜里又有夜宵,白天有暖被窝钻,这是我在流浪时梦想的"幸福生活"。在物流仓库上班的第10天,我去了杭州大关社区卫生院口腔科看牙,在秤上一称,体重重了12斤,几乎每天长一斤肉的节奏。我心情好,身体好,另一颗病牙也不痛了。

这种打工生活带来的充实感,是我在新昌城26年从来没有过的。

物流公司的装卸活儿，是公认的苦、重、累工作，一个30岁左右的湖北籍男子用累、困、饥、冷4个字来形容我们后半夜的辛苦劳动。

离别物流公司

12月下旬，我已经有点爱上这份装卸工的活儿了，计划干到农历年底，待2011年春节后再作新打算。

一天，妹妹说，在一个朋友的介绍下，我可以去浙北一家企业做营销员。我想这也是个机会，毕竟现在每月1800元的打工工资，根本没有达到我的预期。说不定干着干着，人就会麻木掉，到时候再没有激情干别的了。

12月25日下午，我提前两天向领导辞工，一道辞工的还有两个湖北人、一个河南人。物流公司几乎每天都有人辞工，每天也有"新兵"入伍。一般体质差的人，干不到半天就做"逃兵"了，以前物流公司规定干一天活，当天下班就结清工资的，现在是最少要干3天以上才可结工资。工作时间越长，工资越高，3天以上，每小时5元，15天以上是每小时6元。

12月26日下午，因下雨，我同河南驻马店籍的工友在村边小餐馆炒了两个小菜，整个下午就坐在那儿喝廉价的白酒。

12月27日中午，我结清了12天的工资，合计720元，又整理了行李，搬离了集体宿舍，同舍三个爱干净的青年还舍不得我这个老大哥离开。但他们也知道我不可能在物流仓库长期做装卸工的，也支持我去好的企业挣大钱。

四川广元籍的小青年小刘送我到北方村公交站上车，他准备干到春节前回老家四川过年。

为了寻找更好的"钱途"，早日扭转人生大败局，我又一次挑起两大袋行李，离开了物流公司，离别了并肩劳动12天的打工战友，乘上了去杭州市区的公交车，重新踏上了未知的征途。

第五部分

转战苏、浙、皖营销市场

(2011—2012)

【导读】

  2010年12月28日,我结束了长达半年之久在苏、浙、皖三省20个城市的流浪求职生活,北上浙北平原——嘉兴。

  2011年以后的两年,我在浙北管业公司从事一份没有底薪、没有差旅费等任何福利待遇而只拿绩效提成的营销员的工作。

  为了东山再起,我克服了普通话不标准的障碍,在经济极端困难的情况下,在半饥饿、半流浪中艰辛地开拓营销渠道,自强自律,发展新客户,稳固老客户。

  经过近两年的苦战,公司逐渐占领了江苏市场。我的人生迎来了新的篇章。

第二十三章

浙北大后方

2010年12月28日上午,我从杭州长途客运汽车站乘快客北上浙北平原——嘉兴,到浙北管业公司报到。

浙北管业公司地处大上海南翼,是一家处于筹备期的新兴小企业。我刚到公司报到时,公司连名称也没有,更不要说营业执照了。

全公司连我在内共6人,2011年元旦以后,发展到7人。

我同来自福建的小陈两人做营销,石总系公司筹建负责人,大学生小施负责财务工作,来自四川成都的老徐负责公司技术工作,另两个浙江人小吕和老王负责公司设备和生产。公司虽小,五脏俱全。

对于我来说,初来浙北管业公司,对一切还真的十分不适应。

因公司刚在筹办中,暂时也没有食堂,我们7人就在街上的一家小餐馆集体用餐,公司给报销费用。

住宿的房间,是一间带有卫生间、厨房的小套间,我和老王合住一间。作为一个打工者,这样的条件,在我之前工作的数十家企业中，是从来没有过的。

虽然每日有两顿饭可免费吃，夜有清洁的房间睡，有暖被窝钻，但我夜夜做噩梦，有时甚至从噩梦中惊叫起来，弄得室友老王睡不安宁。可能是近半年的流浪和最近12天物流仓库长夜班工作造成的吧！

当时，我们7个创始人，还没有正式的上、下班时间，也没有像样的办公室。一间临时的矮平房仓库算办公室，两张简易办公桌，石总和小施各一张，还有一张小方桌，技术员老徐和设备管理员小吕共用。我和小陈、老王既没有电脑，也没有办公桌和办公椅，平时无所事事。

这样的日子过了一星期，我向公司负责人石总提出辞职，想重返杭州的物流仓库上长夜班，待春节后，公司正常生产，有合格产品后，我再来做营销。

石总叫我既来之，则安之，并叫大学生小施教我普通话。我的"新昌普通话"实在太差劲了，身边人听听都很吃力，更不要说去外省跑推销了。

2011年元月4日，新公司正式成立，并领到了营业执照等证件，成了一家名正言顺的企业。

新年过后，两条生产线主机已运到车间，接着机器供应厂家也派来了技术员到公司指导安装、调试，一切就这样开始了。在小餐馆吃饭，菜相对丰盛，吃饭前，我和老徐常一起喝一杯白酒。

这样每天下馆子的日子，比起之前流浪挨饿的岁月，真可说有着天壤之别。

因此，我把这段时间的生活比喻为"大后方根据地"的安逸生活。

梦回故里

浙北的冬天特别寒冷，农历十二月中旬，又下起了大雪，浙北平原一片银装素裹，分外妖娆。

十二月中旬，我每天的工作就是在车间搬运挖水沟时掘出的泥石土方。虽然要冒着风雪把泥石运到外面，可我庆幸自己总算有活儿可干了。

经过半个月浙北大后方的休整和调养，特别是吃住方面有了大大的改善，我整个人气色好了很多，心情也舒畅了许多。

强冷空气南下，身处农村，晚上无事可做，我每天夜里7点左右便坐进被窝学习拼音。

雪后天晴，一星期下来土石方已运完了，我又闲得慌了。石总看我是一个闲不住的人，就叫我帮忙起草企业规章制度及营销方案等资料。

我多少也算半个企业人，所以还可以写出一些东西。

自从到了浙北管业公司，多少个漫长的冬夜，我梦回故里，梦见老家的山山水水。不知怎的，我好多次梦见孩提时的场景……

回望故乡

农历腊月下旬，浙北农村到处呈现出一派过大年的景象，村镇街道上每天都能看到成双结对的农民工肩扛手提行李陆续回老家过春节。

我们公司来自四川的老徐已在网上订了回成都的飞机票，来自福建的小陈则打算乘动车回厦门。浙北管业公司于腊月廿七上午正式放假。

那天上午，我领到了 2000 元工资，这是我 2010 年下半年拿到的第一笔超千元的工资。其他几个浙江籍的员工也都回老家了，我一个人在简易办公室搞好卫生后，回到了出租房，也给自己放了个假。

我是"跑路者"，下半年基本没有挣到钱，也还不了借"高利贷"欠下的余债，于是决定一个人在浙北农村过春节。

下午，我在宿舍晒棉被、洗衣服、搞卫生。傍晚，我在街上的小吃店吃了碗面条，然后漫步在浙北的田野上。

严冬的田野一片枯黄，没有一丝生机，夕阳的余晖照射着平原大地。我遥望南方我的故乡，眼前出现老家年迈体弱的双亲翘首盼望我早日回家的情景，泪水潸然而下。

一转眼，自农历五月初参加完《梁氏家谱》发行典礼到现在，我已有八个月没有回老家了。在同父母的几次简短通话中得知，在离

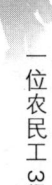

开新昌的半年时间里，我亲爱的小娘舅去世了，老家两个与我年龄差不多的朋友酒喝得太多猝死了，还有几位与我父亲同龄的长辈也相继离开人世，真是人生苦短……

儿行千里母担忧，我虽年近半百，可二老还要日夜为我担惊受怕。尽管每次通话时，我都说工作很好、身体很好，劝他们千万不要为我担心，但心里还是放心不下他们。

日薄西山，残阳如血，北风凄凄，我触景生情，忧思怀乡，顿觉满目萧然。

孤单凄凉除夕夜

除夕夜，商店、餐馆都关门了，小店老板们都回家吃团圆饭去了。

上午我去小商场买了十几桶方便面，一瓶绍兴黄酒、一斤红枣和一小袋瓜子，合计花了约50元，拿着这些年货回宿舍准备过一个人的除夕。方便面是打算在春节期间吃的，因为我们宿舍没有置办做饭炒菜的工具。下午我去附近镇上的银行给儿子打了1200块钱当压岁钱。

除夕这天，气温较低，我一整天都在出租房里写这近半年的遭遇，一直写到右手发麻酸痛为止。2010年半年流浪的总费用为6000多元，在近200天的苏、浙、皖三省20个城市的往返奔波中，交通费占到70%；自7月1日至12月15日，我只住了2夜的旅馆，住宿费合计 55 元；治牙用了 500 元，平均每天生活费不到 12 元。我熬过了常人难以想象的非正常人过的充满坎坷、艰辛的生活。

傍晚，村镇上陆续响起鞭炮声，我也准备在异地他乡的出租房里喝口家乡的绍兴老酒，嗑嗑瓜子，自己给自己过个年。

新年的钟声敲响，村镇周围燃放起了各种鞭炮，响声震动天地。

伴着此起彼伏的鞭炮声，我大声吼了几段京剧、越剧，心里顿时痛快了许多。

第二十四章

新春过后

农历二〇一一年春节。

正月初一,我起得很早,吃了一桶泡面后,就下楼踏着寒霜去浙北平原的农村闲逛,直到下午4点才回宿舍,新春佳节第一天就这样过去了。

接下来几天,我乘城乡公交车早出晚归去县城新华书店看书……

正月初七下午,公司石总和财务科小施返回公司上班。

正月初八,其他几个同事也陆续回到了公司。晚餐大家又一道去小餐馆吃,上班第一天我们破例喝了几瓶黄酒。

我总算度过了人生中最无奈的一个春节,这也是我在异地他乡过的第二个春节。第一次在他乡过春节,是1984年时在福建邵武市。

我又可与公司同事一起工作和生活了,心情无比愉悦。啊,这是多么美好呀!

正月初十,机器供应商徐工又来公司调试整机及给员工培训,公司计划扩招员工,并计划2月下旬试机生产管子。

所以,正月中旬以后,我有工作可做了。我不怕工作,就怕无聊。对我来说人生最大的痛苦,不是工作,而是无所事事。

在不远的将来,我就可以参加营销实践了,白天石总叫我起草《员工手册》及《企业宣传册》,夜晚我勤学苦练普通话。功夫不负有心人,经过不懈努力,我终于可以勉强说几句普通话了,尽管说得仍不太标准。

下一步我计划学计算机基础知识,我认识到自己已经落后于几亿网民了,成了一个标准的"现代文盲",再不奋起直追,将被这个社会抛弃。

一个现代人,连最基本的普通话也不会讲,电脑也不会用,想外出捞金,是很难的。

2月中旬,我又去新华书店买了一本《新华字典》和一本带拼音、注释的《三十六计》,早晚自学,加强普通话训练。

年过半百

一步入2011年,我就是名副其实地"年过半百"了。

古人云:"五十知天命。"意思是说,一个人到了五十岁,接下来还能在这个世界上做几年人,是可以算出来的了。

在我儿时的印象中,一个人一旦过了50岁,就是个老人了。听父母说，爷爷奶奶、外公都是在50岁左右离开人世的，大姑妈也是50余岁就走了。

年过半百的人，上有老，下有小，肩负的责任最重。

年过半百的人，按现在世界平均寿命来说，是中青年，说大不大，说小不小，还有点力气，还可同一般青年人论高低，但已走过了人生三分之二左右的路程。

对我来说，年过半百，时不我待，任重道远。我的身上多了一种紧迫感、危机感和使命感。我没有任何借口停止战斗，停止前进的步伐。

我对年龄没有什么概念。生命不息，战斗不止。这一点，像极了我勤劳、节俭的父母。

人生的前50年我走了很多弯路，也付出了惨痛的代价。但愿50岁之后我能找准方向，走对路，做对事。活出个精彩的后半生，以不枉在世上走一遭。

我盼望公司车间早日开机，生产出合格的产品，这样我便可投身到市场前线去销售产品，以打响50岁开局第一仗。

从求职者变招工者

2011年2月中旬，因公司地处乡下，离城区有70里路，招工成了问题。我同小施多次去村镇及公路上的电线杆上张贴"招工广告"，结果只有零星几个四川、贵州、安徽、广西籍的农民工来公司报名登记，但参观完车间后，就没有下文了，来报名的十多个人中，最后只剩下一个广西人。

看看在公司附近一时招不到工，石总派我同小施到市区的劳务市场去招人。

我同小施在劳务市场放好招工简章，并特地在展板上写上解决食宿，月薪3000元以上的字样。可一个上午只有一个农民工过来问了一下，一听公司在乡下，他立马调头走人。许多求职者走过我们的招聘桌前，连问都不问一句。

我坐在招聘会现场，2010年下半年肩背手提大件行李，到处在人才市场和劳务市场求职的经历像电影特写镜头般在我眼前闪过。

想不到我从一个求职者变成了一个招工者，人生真可谓三十年河东，三十年河西，恍若做梦。

眼看中午快散场了，连一个人也没有招到，我比去年没有找到对口的工作还要难受。我手拿招工简章到劳务市场大门外去抓"散客"，几乎是央求人家去我们公司上班，并承诺每月最低工资不会少于3000元，可是仍没有人去。

通过两次去劳务市场招工，我深刻理解了当前"求职难"和"招工难"的矛盾，主要是双方没有找到平衡点。

从求职者的角度来说，大家都想找一份轻松、待遇好的工作。从招工单位的角度来说，他们想招一些年轻、学历高、有工作经验、能吃苦耐劳的员工。双方都比较看重眼前利益，求职者没有做好职业生涯的规划，招工者没有做好培养员工的长期投资计划。

车间试机生产

2011年2月26日，经过20多天紧张的车间整机生产线调试，其中一条生产小规格型号管子的生产线顺利投产，但另一条生产大规格型号的生产线运营一直不顺利，试机生产出的废管、废料堆成山。我每天的工作就是把废管搬运到车间外面的废料堆放处。

我深刻地感到一家企业从进料、生产出合格产品，到销售，再到收货款，是多么不容易。

我本想等公司多生产几个型号的管子后，再拿样品管去推销，可实在等不及了，便决定于3月9日出门推销。

可直到3月8日，我手里还没有一张"价格表"，更不要说企业宣传画册了。因为一直缺一个本地手机号码，出发前我临时去镇上的中国移动营业网点办了一张卡。

不管企业规模大小，一个营销员外出跑销售，还是要有一张"价格表"的，虽然当时公司只生产出了一种型号的管子，其他型号的无法核算成本，无法定价格。我考虑到新企业的形象，就打上了三个型号产品的价格，看起来也丰富了些。我还在价格表下方写上了自己的名字、手机号码，以便联系。

公司规定营销员按业绩提取1%的劳务费，没有基本工资，也不能报销差旅费，还有回款率的考核。客户造成的死账、坏账要营销员自己埋单。

第二十五章

首次跑推销

2011年3月9日早晨,我肩背3根长150cm,直径110mm的波纹管,斜挎一个皮包,首次出差到嘉兴。

我走出嘉兴汽车西站的出口,在人行道上看到有几个妇女在擦皮鞋,我一看自己脚上的皮鞋,沾满了白色粉尘,就花了2元钱请其中一个妇女帮我擦了皮鞋。我的旧皮鞋已有半年没有擦鞋油了,改变形象先从脚上开始。我又花了3元钱在褪色的棕色皮包上涂了点鞋油。

我通过停在人行道上的电动车反光镜看了一下自己的样子,胡子拉碴,头发蓬乱,才想起自己已有近两个月没有理发了。我找到一家理发店,理了发,一下子变成了一个农民推销员。

我又去商店买了一包利群牌香烟,紧握着三根样品管子,却不知道去哪里找客户卖管子。对管道行业一窍不通的我,一下子蒙了。

在新昌的26年,虽然断断续续开展广告业务有20余年,但真正到一个企业"跑推销",对我来说还是第一次,我突然成了一个刚出道的胆怯的推销员,有点惧怕了。

这次出差前,公司给我和小陈划分了市场片区,我负责浙江、江西市场,小陈负责江苏、安徽市场,这次小陈待在公司,没有出门。

我的计划是3月份先攻占浙江的杭州、嘉兴、湖州以及宁波、台州、温州地区,4月份向浙西南义乌、金华、衢州发展,5月份向江西全境发展。年销售计划是2000万元,冲刺目标是5000万元。我制订计划目标时纸上谈兵,不知深浅,根本没有考虑到公司的生产能否顺利……

管道产品属于建材类产品,于是我便去建材市场找寻机会。

中午11点前,我乘公交车找到了嘉兴的一个建材市场,看看已经到了中饭时间,不方便去打扰客户,而且我自己也得去吃中饭,于是便找了家中餐馆,特地喝了一瓶土黄酒壮壮胆子。

中餐后,我好比去年初次到人才市场找工作一样,强打精神硬着头皮走进建材市场。在管道区拜访了几家管道店,在同客户的交流洽谈中获悉,管道行业市场竞争十分激烈,同行数以千计。

浙江省是全国埋地用管道的生产基地,我们这家弱小企业,产品规格、型号不齐全,质量又不稳定,要参与市场竞争,面临的将是一场十分残酷的攻坚战。

一个下午下来,没有一家管道店有意向和我们合作。夜晚,我为节约住宿费,住进了一间不到5平方米的小房间,住宿费30元。

3月10日上午,我又去嘉兴城东方向的一个市场转了一圈,中午在嘉兴火车站乘火车去海宁市,在那里拜访了一个客户。

晚上下起了小雨,我为了寻找廉价的小旅社,冒雨步行了一个多小时。第三天下午,我又乘中巴车到海盐县开拓业务,下午乘车返回浙北管业公司。

在浙北湖州成交第一个客户

3月18日,我与小陈同时出差,我准备去浙江湖州开展业务,而小陈则直接去江苏南京开展工作。

这次我计划出差10天左右,从湖州到杭州、萧山,再去宁波市区。

我随身带着三大袋的样品管、一个皮包和一袋生活用品,还有比去年流浪时还多一倍的行李。拿着这么多行李上下车十分不方便,特别是乘公交车,人太多的时候,行李占道,售票员还要埋怨我。有几次坐城乡公交车,售票员还要收行李钱,我很是心痛。

我一到湖州汽车站,因为舍不得花行李寄存费,就肩背手提行李跑起营销,那样子哪里像一个企业营销员,同一个捡破烂的拾荒者没有两样。

时值3月中旬,乍暖还寒。这天下午,我在湖州市郊区的一个建材城拜访完一个客户后,已没有公交车到市区了。我舍不得花钱坐出租车,步行了两个多小时,才到达湖州市区。找了几家宾馆,住宿费都在100元以上,我又步行一个多小时找小旅馆,夜里11点才安顿下来。

3月19日上午,我在湖州找到了一个有意向合作的客户,我当即与公司石总通电汇报湖州市场已接单的好消息。

这是我在浙江嘉兴、湖州地区拜访的第36个客户,也是我们浙北管业公司第一个真正的客户。

当天下午,我乘胜去了浙北长兴县,又连夜乘火车南下杭州。

反攻杭州、萧山

3月20日午夜后,我"全副武装"来到杭州,此时还剩下两大袋的样品。

杭州城站是我2010年下半年流浪时的"老家",在这里我度过了最落魄的一百多个日日夜夜。

往事不堪回首啊!多少次去杭州的人才市场和人力资源市场求职,我只想找一份没有底薪、没有福利的营销员的工作,但都因普通话讲不好、年纪太大,被招聘单位拒之门外,吃尽了流浪找工之苦。

今天,我哪怕掘地三尺,跑遍杭城,也定要寻找到一个像样的经销商客户,力争在杭州客户处挣到"劳务费"。

我疯狂地在杭州全力开拓业务,但要啃下杭州这块"硬骨头",谈何容易!

且不说杭州是中国埋地用管道的先驱者,有多家管道生产历史长达15年以上的公司,年产值都超亿元,中小型管道企业更多得不用说了。现在安徽、江苏的同行又来争夺杭州市场这块蛋糕,竞争的激烈程度可想而知。

我们公司从产品数量、质量到价格、服务等各方面都与杭州本地企业有差距。运费又比杭州市区生产厂家贵600元左右,这运费就像一只"拦路虎",拦住了我们攻打杭州市场的路。

第二天,我去萧山区强攻一天,遇到几乎与杭州市场相同的问题。

通过两天在杭州开拓业务的经历,我进一步了解了管道行业的竞争态势,我准备待公司质量稳定、品种齐全时,再来攻占杭州市场。

东进余姚、慈溪

3月下旬一天的凌晨2点,我从杭州乘火车前往余姚,早晨5点左右,到达余姚火车站。

在后半夜乘车是我流浪时养成的习惯,这样一来既节省了住宿费,又可在第二天早晨到达目的地后便投入工作。

2010年下半年,为求职,我曾三次来到余姚。这里的一切对我来说是那样熟悉。我在广场边的卫生间洗脸刷牙后,乘最早一班公交车去寻找客户。不到中午,我乘公交车跑遍了余姚城,可惜没有找到有规模的经销商。

下午我乘车到慈溪投宿,夜里下起了冷雨。

第二天上午,为了提高工作效率,我乘摩的去寻找管道店,并在慈溪汽车东站边上找到了一个较大的管道客户。

中午,我接到公司石总来电,通知我和小陈下午返回公司开会。

下午,我提前一天赶回公司……

第五部分　转战苏、浙、皖营销市场(2011—2012)

第二十六章

首攻苏南昆山

3月28日,我首次给湖州的客户发货,接着又给嘉兴的客户连发了两车的货。这意味着我加盟浙北管业公司后,迈出了营销生涯的第一步。

4月上旬,公司营销部新增了两名营销员。市场片区又重新做了调整,我主要负责浙江的杭、嘉、湖地区以及江苏、安徽市场,小陈负责上海市场,绍兴的小陈负责浙江的宁波、台州、温州等市场,江山人老徐负责浙西南的义乌、金华、衢州市场及江西市场。

这次回公司后,我和小陈分别向公司股东汇报了各地管道市场的情况,也反映了价格、运费方面的问题,营销策略做了适当的调整。

4月8日,我又随身携带两大袋样品,乘火车前往江苏省第一站——苏南昆山,全盘放弃了原先的浙江、江西的营销计划和路线,重新制订了发展江苏市场的路线图。

为什么把昆山作为攻打江苏市场的第一战?主要是考虑到昆

山是全国百强县（市）老大，我在昆山求职时看到了这座城市的发展，埋地用管材潜在市场很大。

因此，我抱着必胜的信念来首攻昆山市场。

有了3月份在浙江市场的两次营销实战，大致了解了该行业的特点，我改变了地毯式密集拜访大小客户的方式，尝试有选择地寻找A类、B类目标客户。

我的目标是在苏南各县、市挖掘到一家有明确合作意向的客户，年销售额在100万以上。苏北则以地级城市为中心，挖掘到一家年销售额在200万以上的经销商。

有惊无险的车祸

4月8日傍晚，我从昆山火车站乘公交车到达市区。

我大包小包、肩背手提样品管，行走在人行道上。

突然，在昏暗的路灯下，一个居民小区内开出一辆汽车，转弯时，猛地撞在我身上，我连同两大袋行李一起倒在人行道边的花坛上。

汽车立马停下，车里走出一个戴眼镜的三十多岁男子，他急忙过来扶我。我两只手死命地抓牢两大袋样品，导致该男子一时还拉不起我，只好先把两袋样品挪走，才把我扶了起来。

我一时还蒙在鼓里，不知道刚才竟然发生了一场车祸。男子看我还能站立，问我要不要去医院看一下。我回过神来，走了几步，身上也没有什么疼痛感,就说没有关系的。我不会向驾驶员耍赖敲竹杠,平安无事就是万幸了。

在人生的旅途中,我多次碰到意外,最后都逢凶化吉了。

车主看我也没有什么要求,说了声"对不起"就开着车走了。

待车开走后,我看了一下现场,刚才被撞出去2米多远,居然没有受伤,卷起裤管又仔细看了一下,证实没有皮肉伤,我就放心了。不然,真要上演"出师未捷身先死,长使英雄泪满襟"的悲剧了。发生这次有惊无险的车祸后,我提高了警惕,夜间哪怕在人行道上走路,也格外小心。

夜里,我在小旅馆住了下来,整理样品管时,才发现其中一大袋样品管子,有好几根已被小汽车撞弯了。原来我右手提着的这袋管子起到了"安全气囊"的保护作用,保住了我的右腿。如果没有这袋样品管,说不定我已在昆山的某家医院里了……

为了庆祝自己脱险,我在旅馆旁边的小餐馆里破例炒了两个小菜,喝了一瓶"沙洲"牌黄酒,也算犒劳自己经常忍饥挨饿的胃,改善一下生活。

我是一个惜时如命的人,从小到大从来没有睡懒觉的习惯。4月9日凌晨4点,我起床洗漱完后,开始整理工作资料,准备在昆山开拓新的市场,寻找新的客户,开始一种全新的营销模式。

我一边按常规方式去昆山主要的建材市场开拓新客户,一边又打破常规去昆山市环城路城乡接合部寻找批发管道的经销商。

中午前,我在郊区与一个年销售额700万左右的客户进行了洽谈。老板看了我们公司的样品和价格表后,说今年已经确定了合作的生产企业,具体要等下半年国庆节以后再和我联系。

我又去昆山转了一圈,然后乘城际公交车到临近昆山的太仓市。

露宿港城 —— 张家港

我这次出差前只向同事小陈借了300元钱,到达太仓后,手里的钱不多了。4月10日,我在太仓一天的生活费合计不到8元。

我在太仓开展了大半天的业务,晚上乘末班车到苏南常熟投宿。第二天常熟的一个客户提出近期要到我们公司来参观考察一下的意向。

4月11日夜晚,我又到了苏南港城 —— 张家港。

因我身上只有十多元钱了,于是联系公司财务科的小施,请他速往我的农行卡里打500元钱,我到张家港后,去一个农行提款机取款,发现还没有转入。我联系小施,小施说已下班,要等第二天上午才能给我打。

又到了吃晚餐的时间,我吃了一碗面条,口袋里只剩下5元钱了。

夜晚,我手提剩下的一袋样品,独自一人行走在陌生的张家港的大街上,道路两旁高楼林立,道路十分清洁,看来张家港的经济还是比较发达的。

已经是深夜了,我总不能步行到天亮吧,吃下去的一碗面条早就消化完了。自从3月份离开公司外出开展营销工作后,我又变成了2010年下半年流浪时的样子了。什么时候吃饭都没个准,完全没有一日三餐的概念。也极少下餐馆,快餐有时也只是一星期吃一餐,多数都在路边的小摊随便买两个馒头或饼充饥。

我每天早出晚归,马不停蹄,工作强度不亚于在物流公司做装卸工,体力消耗十分厉害,感觉一天到晚都处在一种半饥饿的状态中。

名义上我是个企业营销员,实际上又成了流浪汉。那天夜里,我在一个小商场门口的转角处露宿。后半夜,冷风吹来,我瑟瑟发抖,想起在杭州城站地下室和劳苦大众相伴度过长夜的日子。

这是我跨省到江苏开展营销工作后第一次露宿街头……

早上,我吃了一碗稀饭和2个包子,随即就在张家港满城跑,努力开拓客户资源。中午我查了银行账号,还是没有钱。

我又饥又渴,一摸口袋只剩下2个硬币了,连中饭的钱都不够了。我有气无力地坐在石阶上休息,看到一个老大妈的竹篮子里放着黄瓜,就花了一元钱挑了一根最小的黄瓜,连皮都不削,三口吞下肚。下午2点,我在路上又看到了一个卖馒头的大哥,我用身上仅有的一元钱买了两个馒头,就算中饭了。

下午3点左右,我再次联系公司催促打款,小施说已经打好了。过了一会儿,我去银行取了500元钱。好比弹尽粮绝的阵地,后方送到了弹药和粮食,我又一次深刻理解金钱的重要性,没有钱的确寸步难行。

我走到张家港汽车站,准备去长江以北的南通市。

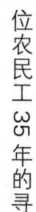

打过长江去 —— 轮渡北上南通

南通,对我来说,是一个陌生的城市,是一片新的战场。

一坐上去南通的快客,我就昏睡过去了,等我一觉醒来,快客刚从靠岸的轮渡船上开下来。

我还真不知道从张家港到南通要乘轮渡过长江的,真有点后悔在路上睡着了,没能近距离看看滚滚长江东逝水的雄伟景观。

快客驶出码头后,又行驶了一段时间,到达南通长途汽车客运中心,夜幕悄悄降临了。

我走出汽车站,看到夜色中的南通。这座城市房屋低矮,路上人流、车辆也不多,同一江之隔的苏南张家港有着天壤之别。

第二天,我乘公交车到了一个很大的建材批发中心,在管道区拜访了一家管道店的负责人。中午,我在公交车上看到不远处的田畈上有一个批发管子的场地,立马下车,转回去考察。幸运的是,在那里我找到了公司产品的南通总代理,我跟他约好第二天就发货。

我在同客户的洽谈中了解到苏南无锡、苏州埋地用管道需求量很大,就直奔南通客运汽车站,准备进军无锡、苏州。

坐在公交车上,我的心情很激动,因为在这里我找到了自己的客户。南通这个城市正在大发展,高楼大厦拔地而起,我对南通有了新的认识。

到达南通客运汽车站后,考虑到这次在苏南拜访客户时,昆山、常熟的客户说近期要到我们公司参观考察,我决定暂不北上去苏北盐城、淮南等地,而准备南下无锡、苏州开展工作。

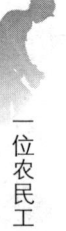

第二十七章

南下无锡、苏州开展业务

下午,快客经苏通长江大桥于傍晚到达苏南无锡汽车站。

离无锡汽车站不远就是无锡火车站,我走到无锡火车站前广场的一棵大香樟树下,放下行李,稍事休息。

坐在无锡站前,我想起1987年金秋首次到无锡的情景。那时,我刚结完婚来苏南无锡、苏州旅游。一晃时光已流逝24年,想不到今天故地重游,我竟已年过半百,成了孤家寡人……

接下来的两天,白天我到无锡郊区寻找客户,夜里蜷缩在无锡站售票处的角落里。功夫不负有心人,我终于找到了一个年销售额8000万元的客户,该客户仅场地库存量就超过我们企业的库存备货。只可惜,这个大客户已代理了三家其他管道生产企业的产品。

他明确地告诉我,苏南本地有几家有规模、有实力的生产企业,产品质量好、规格全,运费又便宜,而我们公司的产品质量不稳定,产品规格不齐全,特别是运费每车次又贵600元左右,所以暂时不考虑合作。

我放了几件样品在他那里，离开了他的办公室，走到了不远处的公路边，这里离苏州已经很近了。我在一个红绿灯处等车，想搭货车去苏州。

中午，我搭乘了一辆40岁左右的女司机开的货车，给了她20元的车费，她把我放在了苏州郊区。

下车的地方没有去苏州市区的公交车，我又搭乘一辆过路的电动车去找建材市场，开电动车的男子把我放到一家汽修厂旁，说以前这里是个建材市场。我自认倒霉，付了15元钱下车，又步行半小时才乘上公交车到达位于苏州马庄的一个建材市场。

下午，我在苏州一直转到天黑，没有找到一个意向客户。夜里又乘公交车到苏州火车站，准备后半夜乘火车回浙北管业公司。

攻占下江苏省第一个城市 —— 南通

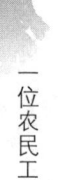

通过一星期在苏南、苏北的业务考察，我对江苏管道行业竞争态势有了初步的了解：苏南的无锡、苏州、太仓本地就有生产企业，上海、杭嘉湖地区的厂家大举北上抢占江苏市场，还有安徽的5家企业也来争夺江苏市场的一席之地。

据无锡、苏州这两个经济发达城市的几个大客户讲，六年前这些地方年销售额超亿元的大经销商有好几个，近两年埋地用管道行业竞争过于激烈，已进入微利时代，价格底线也很透明了。

4月16日，南通客户来电下了订单，公司连续发货十多车。

这次江苏之行,我谈成了南通市第一笔业务,可谓旗开得胜。

五一前后,我又南下杭州富阳、临安、余杭开拓业务,可以说是"战斗在敌人的心脏"。因为这三地都是管道生产基地,所以很有必要去了解一下市场。

第五部分 转战苏、浙、皖营销市场(2011—2012)

第二十八章

苏州、常熟客户首次来公司考察

2011年4月下旬,常熟、苏州有意向与我们公司合作的客户专程来公司参观考察,这也是我们企业创办半年来首次迎客。

当时,公司只有大小两条生产线,属于管道业中的小企业,存在生产初期产品质量不稳定,产品规格、型号不齐全,生产量无法满足一般客户要求等不足。

那天下午,两位客户在车间参观了一下,又看了看管子的整体质量,就走了。

5月上旬,公司营销部又新增了一名营销员小胡,公司石总叫我带他几天。5月以后,股东庞总负责公司营销。

我把苏南、苏中的常州、镇江、泰州、扬州等地区,包括安徽皖北的六个地级城市都划给了徒弟小胡。

向苏北徐州、连云港进军

5月中旬，我带徒弟小胡在苏南常州、镇江开展业务。两天后，我们在镇江分开，单独开拓客户。

我连夜乘普快列车去苏北军事重镇——徐州。

徐州，历代为兵家必争之地，是解放战争三大战役之———淮海战役的主战场。

我在火车上站了7小时才到达徐州，一到徐州，就投入紧张的工作。

下午路过淮海战役纪念公园时，我在百忙之中挤出两小时参观了一下，夜里投宿在两山口边的一个农家旅社。

在小房间住一晚只要25元，晚饭在主人家吃，他们只收了我10元钱。

晚餐后，我坐在主人家的客厅里和男主人喝茶、聊天，他五十多岁，比我大几岁，之前是个跑长途运输的货车司机，专跑104国道徐州到台州、温州线。当时还没有高速公路，他跑一次来回，需要一星期多的时间。

男主人是一个健谈的人，也是一个较懂历史的人，他还给我讲了徐州在两汉时的历史文化，以及刘邦、项羽争霸的典故。

第二天上午，我乘着公交车在徐州跑业务，在初步了解了徐州市场后，下午乘火车到连云港。

一路上，只见苏北平原上到处是低矮的青青的麦子，铁路两旁零星散落着农舍、村庄，白杨树包围着村舍。

到达连云港时，太阳还悬挂在西边的地平线上，发出耀眼的光芒，照得我连眼睛也睁不开。我觉得连云港的夕阳特别大，离得也特别近。朵朵白云飘在天空中，几乎触手可及。

这一切，不禁使我联想起连云港这个城市的名称，的确是名副其实地云彩连着海港啊！

在连云港新浦区跑了半天后，我南下宿迁。

苏北大地 —— 宿迁、淮安、盐城

时值农历初夏，早晚天气较凉，中午已较暖和了。

5月中旬是管道业一年一度找经销商合作的尾期了，一般大的经销商在春节前后早就确定了合作的生产企业。

我的主要任务仍是每天开拓新市场、拜访新客户，做企业广告，让大家知道我们公司的产品。

晚上到了宿迁，我在公交车站牌上看到了"项王小区""项王故里"等站名，还在离宿迁长途汽车站不远处看到"项羽举鼎"的雕塑，才知道原来宿迁是楚霸王项羽的故里。

夜里，我在汽车站边的一个家庭旅馆里住了下来。

晚餐后，我去宿迁市区散了一会儿步。

宿迁这个城市挺大气的，绿化搞得也很好，像个江南城市。第二天，我忙完业务还特地乘公交车去项王故里景区参观了一下。

下午我乘快客离开宿迁到淮安市。淮安就是过去的淮阴。

第二天早上，我去淮阴区转了一圈，午后又去淮安市楚州区的一个建材大市场和位于深圳路的建材中心与几家经销商谈了一会儿。

在去楚州区时，我路过了敬爱的周恩来总理的出生地，那里同时也是《西游记》的作者吴承恩的故里。

淮安的发展比宿迁要快，许多建筑时尚大气，可与一些苏南城市及杭州媲美。

当天夜里，我从淮安火车站坐火车到盐城。在盐城，我还参观了新四军重建军部纪念馆。

这次苏北大地之行，我见识了苏北民风的剽悍，也看到了苏北人民的勤劳勇敢，我觉得这个区域的埋地用管材市场潜力巨大。

我在艰苦的营销工作中享受着生活的美和快乐。可由于我们公司距苏北徐州、连云港有600千米之遥，物流方面一时尚未理顺，运费、价格、质量三大方面比起苏南、皖东的几家同行，在竞争中处于劣势，所以谈成的有意向合作的经销商并不多。

第二十九章

浙北大后方休整

2011年5月下旬,我从苏北回到浙北管业公司。其他各片区的4个营销员也陆续回到公司。

一到公司,我们好似从前线战场回到大后方根据地。

这时,公司已自办了小食堂,中、晚餐可以免费吃。

这次回到公司,短期内我不打算出差,准备在公司电话跟踪、回访客户,做一些销售、后勤方面的服务。

自2011年3月9日首次出差,到5月下旬第4次出差回公司,我已累计出差一个多月,谈成大小客户6个,销售额达50多万元。凭着有限的劳务费收入,我省吃俭用,穿的都是新昌带出来的旧衣裤,背的也是旧皮包。这个皮包曾经在杭州城站地下室被小偷偷走过,小偷用尖刀割破了它,又把它丢在了地下室停车场,是我找回来的。

我在半饥饿、半流浪中艰苦地开展着营销业务,一省下钱就寄给上大学的儿子。自从2010年下半年走上流浪求职的道路,我工作不稳定，没有收入，没有尽到做父亲的责任……

全体营销员回公司后，因没有办公室和办公桌，只好在公司里东走西站。有个别营销员还没有谈成一个客户，所以大家都较空闲。

6月上旬，技术员老徐回老家成都后，就没有再回公司。原本企业生产的产品质量就不稳定，老徐走后，生产更成问题了。客户投诉不断，给销售造成了不小的损失，客户流失严重。

为了扭转公司营销的被动局面，我在一次营销会议中，向股东反映应改变公司原有的死板的价格策略，根据各省实际情况，适当调整发货折扣，激活市场的建议，但没有被公司股东采纳。

从苏北出差回公司没几天，苏北盐城、徐州等地有几个客户来电商谈发货折扣可否下降1%，若能下降就可与我们公司签订合作意向书，我只好遗憾地婉言拒绝了客户的要求。

我在公司待了十多天，觉得这样浪费时间也不是办法。营销员的天职是走出去，找客户，卖产品，于是我又整装待发去苏南回访客户。

去苏南回访客户

6月1日，我又随身带着两大袋新的样品，去常熟、苏州回访、跟踪曾来公司考察过的两位客户。

苏州客户对我们公司提出了宝贵的意见和建议，认为我们公司生产的管子质量、颜色、外观都不理想，担心一旦合作，供货不及时、产品规格不齐全会带来很大的麻烦。他们还说2011年是管道行业大洗牌的年份,强者生存,弱者亡。建议新办企业一定要走质量至上的生存发展之路。

另外,我进一步了解到苏州、无锡市场较注重产品质量。去常熟回访客户时,他们同样提出了质量和产量方面的要求。

天下第一村 —— 中国华西村

6月2日上午,我乘快客到无锡江阴。中午在寻找客户时,在公交车上看到了"华西双桥"的公交站名,我一问旁边的旅客,才知道已经到了天下第一村 —— 华西村。

我立马跳下公交车,并向不远处的华西村塔屋走去。

我是在数十年前的一场电影中知道华西村的,当时华西村的老书记叫吴仁宝。近几年我在报刊和电视上也看到了华西村的巨变。今天,亲临华西村这美丽富饶的社会主义新农村,我心中无比激动。

顾不得吃中饭,我直接就去了华西村60周年纪念馆,感受和体验了华西村的今昔变化,目睹了华西村几代人的奋斗史和发展史。

今日的华西村,不但是华西村人的骄傲,也是中国农村的骄傲。华西村,无愧于"天下第一村"的美称。

整个下午,我给自己放了个假,游览了华西村的部分景点,就当放松一下心情。

华西村,与其说是个村,不如说是座城。村中有公交车,还建

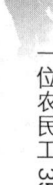

有农民公园、长廊、影剧院、商场、宾馆、医院等，华西村地标性建筑——龙希国际大酒店也即将竣工。

看着华西村，我看到了中国农村的希望所在。

第三十章

安徽滁州雷阵雨中赤脚跑业务

6月中旬,公司为了做齐各规格型号的产品,又投资新增了两条生产线。

6月下旬,我准备去皖东、皖西南开拓新的市场。

6月17日凌晨4点,我乘火车到达安徽滁州。在滁州火车站售票厅,我不顾蚊子叮咬,缩在角落里睡了两个小时。

整个上午我都在滁州建材市场寻找目标客户。中午,电闪雷鸣,我乘汽车到达皖东的全椒县城。一下车,一阵大雨瓢泼而下。为了节约时间,我脱下皮鞋和袜子,放在尼龙袋里,卷起裤管赤脚去寻找全椒的建材市场。

我在全椒冒着雷阵雨拜访了两个客户后,夜里乘着普快列车向位于皖西的六安挺进。

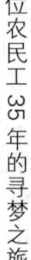

皖西六安台风中拜访客户

列车于天亮前到达六安。2010年6月下旬,我首次从宁波乘火车到六安找工作,想不到一年后的今天,我又来到六安,不过这次我是来开展营销工作的。

天公不作美,台风带来的大雨跟随我的脚步也来到了六安。

看看时间还早,我就在车站对面的小吃店吃了早餐,以消磨时间。

早餐后,风雨仍没有停止。我又脱下皮鞋袜子,打着伞赤脚冲进了雨中。一股大风吹来,把我的雨伞也刮得翻转过去,还没有走到公交车站,我就浑身湿透了。

我乘公交车到六安市郊区的顺达大市场下车,像只落汤鸡一样,赤着脚狼狈地拜访、面谈了三个客户。也许是被我这种风雨无阻、忘我工作的精神感动了,其中一个客户说会考虑一下我们的产品……

"攻打"安徽省城合肥

当天午夜后,我又从六安乘火车到达安徽省城合肥。

手机两天两夜没有充电了,快关机了。于是,我走进了合肥火车站候车厅,在手机充电器上投了 6 个硬币,充了一个小时的电,后半夜就在候车厅里喝茶休息。

这是我第二次来合肥。去年的 6 月下旬,我在合肥求职,待了两天,如果当时我能够说一口流利的普通话,估计在合肥已工作一年了,就没有 2010 年下半年漫长的流浪奔波了。

今天我虽还是说不好普通话,但是也顾不得了,就边工作边学习吧。

为了做精做细合肥市场,我决定采取"集中优势,重点突破"的营销策略,强攻销售额超 300 万以上的合肥总经销商。

出门在外时常不能好好睡觉,倒使我养成了在火车、汽车、公交车上闭目养神的习惯。一天 24 小时,能有 2 小时在车上打个盹,我就有充沛的精力投入白天紧张的奔波工作中。

我从早晨 5 点出发,到晚上 8 点返回合肥火车站。一天时间,跑遍了合肥东西南北环线及城乡接合部。重点开拓了三个有一定实力的经销商,其中一个老家是四川的客户,打算近期到我们公司来考察一下。

市场竞争无处不在,江西、湖北的几家企业也来争夺合肥的市场份额,出现了压价竞争的现象。

皖西南池州、安庆

6 月下旬的一天夜里,我强攻了一天合肥市场后,于午夜乘火车到安徽巢湖,目睹了800里巢湖浩瀚的风采。在巢湖转战一天,又北上皖东马鞍山,再连夜乘火车到皖西南池州市。

一走出池州火车站地道出口,便见浓雾中夹着蒙蒙细雨。出站口几个人迎面走来,热情地问我是否要住宿。其中一个比我年纪还大几岁的男子,发扬韧性公关的推销精神,采取死缠烂打方式硬要拉我去住宿,被我再三拒绝。该男子一听我口音就知道我是浙江人,不相信我身上没有钱,然后把住宿费从50元下降到30元。

此时,已过午夜,出口处只剩下连我在内的三个旅客,另外两人好似父子,坐在香樟树下避细雨。我经不起中年男子的纠缠,就拿起行李向前走了一百多米,径直坐在自己的行李袋上,细雨和浓雾已打湿了头发,我就从袋里拿出伞来挡雨。

我刚打开伞,就看到那对父子挑着行李也离开了出站口,三个拉客的人也准备回家了。中年男子路过我身边时,看到我还没有走,就站在我身边,说:"有浓雾的夜里是不好打伞的,要遇见鬼的。"又开始硬拉我去住宿,住宿费又从30元降价到20元。我吃了多次没有钱的苦头,现在又只有200元钱了,还要去安庆、杭州等城市出差,估计要三天以后才回公司,反正又是夏夜,坐几个小时就天亮了,于是打定主意坚决不投宿。

我实在不堪忍受中年男子的软磨硬泡,为了节约20元住宿费,站起身来往池州火车站方向走去。

谁知池州站售票厅、候车厅大门紧闭,广场上一片漆黑,鸦雀无声。我在售票厅前的走廊里,看到只有一个流浪汉躺在地上,此时已是凌晨2点。

我看看时间已不早了，就放下样品袋，在流浪汉身边放了几张报纸，倒地就睡。

天未亮，我就前往池州开展业务去了。中午在一个钢材市场找到了一个管子批发商，我们达成了合作意向。

午后，我乘公交车到达一个码头，想乘轮船去安庆，一问码头工作人员，才知以前这里是有客轮直达安庆的，现在已停止客运通行了。

池州，滚滚长江沿城而过，我看到许多比湖小，但比水塘又大的天然池塘，猜想池州的名称说不定由此而来。

下午，我从池州客运中心乘快客去安庆，坐在靠窗的座位上，打开窗，夏风习习，吹拂在脸上，让人心旷神怡。此行，我总算在池州找到了一个有意向合作的客户。

我一路上领略着皖西南美丽的山水风光。皖西南的地貌同我们江南老家相似，我感觉好似回到了家乡。

车行2小时后到达安庆市，长江穿城而过。安庆，据说曾经是安徽的省府所在地，是黄梅戏的发源地。因多天没有洗澡，十分难受，我花了25元住宿费住进了小旅社。

洗完澡和衣裤，我就趴在床上办公，整理客户资料，一直工作到凌晨，才在闷热狭小的房间里睡去。

我躺在床上休息了一晚，白天工作时，觉得浑身轻松。下午3点，我接到池州客户来电，他叫我去签订池州的总代理协议，并要求后天安排发货。

我在傍晚乘末班车返回了池州……

第三十一章

风雨飘摇的新生企业

6月底的一天,我结束了一星期多的安徽市场拓展工作,回到公司。

盛夏来临,7月份,管道行业渐渐进入了一年的淡季。我近期也不出差了,一时也没有想好再去开拓哪些市场,就展开电话回访,跟踪有意向合作的客户。

企业虽然新增了生产线,新的技术员却还没有聘请到。生产跟不上,产品质量也不稳定,直接影响正常的销售。营销员的收入也不正常,在公司时,我身上的现金从没超过100元,我节约到了极点,整个夏天连一双凉拖和一条短裤都没买过。

而企业有时连买原材料的钱也没有,真是到了巧妇难为无米之炊的地步。

7月,苏北盐城、安徽合肥、浙江杭州的有意向合作的客户来公司参观考察,但参观完后基本没有下文了。

公司几个股东面对企业困境,一边去同行中邀请技术员解决生产技术方面的问题,一边慢慢物色自己的技术员。

我只有盼望公司生产早日步入正轨,产品质量稳定,这样才可多销产品,扩大年销售额,多赚劳务费。

手抓蚊子

浙北平原的农村,系河道纵横的"水泊梁山"地区,村镇中的河道两岸水草芦苇丛生,是蚊子的理想生长地。我们公司周围遍布水塘、池沟和湿地。

每到夜晚,成群的蚊子嗡嗡叫。一不小心,蚊子就往我们的嘴巴里、眼睛里、耳朵里钻。

公司宿舍没有电风扇,也没有电视机,大家下班后也都不急于回去。营销部的同事们吃过晚餐后,就搬出塑料小凳子到简易办公室门口的场地上乘凉、闲聊。

办公室有一台电风扇,一天到晚工作,扇出的风都是热的。仅有的一个电蚊拍,是大家竞相争夺的宝贝,电蚊拍挥舞一下,就有数只蚊子撞在丝网上,随后发出"啪啪"声。

我是办公室中年纪最大的一个,不与年轻人抢电蚊拍,我擅长手抓蚊子,每次出击,总会有收获。

拍打蚊子和手抓蚊子是我们夏夜主要的业余活动。公司没有订购报纸,也没有买书,我们过着20世纪六七十年代的田园生活。

有时,我会约上几个同事去村口的田野上散散步,打发打发时光。

打工生活十分单调、枯燥。大家来自五湖四海，有来自新疆、西藏、广西、云南、山东等地的，也有来自贵州、江西、安徽、河南等地的，大部分人同妻儿老小分离，过着"苦行僧"的生活。

一天夜晚，我同来自贵州的40多岁的老曹谈起，多少人为了养家糊口外出挣钱，过着"牛郎织女"似的凄苦生活。人都有七情六欲，要食人间烟火，听得出当时老曹还是挺想回家的。是啊，谁不想在老家过日出而作、日落而息，老婆孩子热炕头的生活……

如今我是孤家寡人，但我依然渴望爱情，渴望过一个正常人的生活。为此，我要奋斗，我要努力挣钱！

首次购福利彩票

2011年7月14日傍晚，大家仍和往常一样，在食堂吃过晚餐后，坐在办公室门口闲谈、打蚊子。徒弟小胡无意中问起我的出生日期，又问我要了2元钱，原来他拿我的生日编了一组双色球号码去买彩票。

小胡是个老彩民，但一直没有中过大奖。

我不是舍不得2元钱，而是脑子还没有搭上买彩票这根神经。

在新昌县城时，我家门口就有几家彩票店，每次路过我都熟视无睹，从来没想过要拿几元钱去碰碰运气。

当时，我对彩票真是一窍不通，哪知道什么是红球、蓝球、中区、后区啊,就连红球有几个号码,蓝球是哪几个阿拉伯数字都不知道,更不要说分析走势了。

徒弟小胡晚上给我普及了彩票的基本知识,我基本知道怎么买了。

人是一种很奇怪的动物,有些东西碰了第一次,就会有第二次、第三次。接着,我就一发不可收拾。

我同小胡每期都买,但每次只买1注,偶尔买2注。过了一段时间后,我去彩票店学看双色球号码的走势分析……

就这样,我又多了一个新的身份——"彩民"。

北上山东临沂催款

7月28日,徒弟小胡6月上旬发往山东临沂的三车货的货款十余万元无法收回,邀请我随他去一趟山东。

我们公司营销部有一项不成文规定,凡邀请同事协助开展业务,差旅费和一日三餐生活费须邀请人支付,何况,大家当时都还没有赚到钱。

出差前,小胡向财务科预支了2000元钱,我们就连夜乘火车去了苏北徐州,凌晨4点在徐州转乘快客前往山东临沂。

临沂系鲁南地区,沂蒙山革命老区为中国人民的抗日战争、解放战争做出了很大的贡献和牺牲。著名的台儿庄大捷的硝烟早已散去,临沂正在蓬勃发展中。

到了临沂，接下来的行程就由徒弟小胡安排。我们先去一家小宾馆办好住宿，一个标准间带空调一天60元。这是我这两年来第一次住有空调的房间。

吃过中饭后，我们在房间里洗了个澡，然后就上床午睡去了。我一个人出差时，从来没有过这样的待遇。

下午5点，临沂客户来电叫我们去餐馆吃晚餐。

路过一家福利彩票店时，我们每人买了5注彩票，这是我第一次花10元钱"博彩"，一时还有点心痛。小胡开玩笑地说："说不定我们能在山东中个大奖回去。"

晚餐，小胡的客户请客，菜十分丰盛，有大盘的全鸡、全鸭、野味等山东临沂特色菜。喝的是山东本地产的高档白酒。

我当时的酒量很大，小胡的客户还叫了两个山东老乡陪我们喝。我们四人总共喝了三瓶白酒，三个山东汉子都有点醉了，我竟然毫无醉意，估计再喝一瓶也无大碍……

第二天上午，公司一位同事来电，说昨夜我们浙江新昌有一个彩民双色球中一等奖110注，奖金5.6亿元，打破了中国福彩个人中大奖的历史记录。这使我们在黑暗中看到了购福彩的希望之光。

本来，第二天上午，临沂客户要约我们去沂蒙山大峡谷参观的，因客户工地临时有业务要洽谈，就取消了。

我们等在客户办公室，过了上午10点他才回来。他说管子一时还没有销出，回款确实有压力。眼见催款无果，我们就另做打算了。

回访苏北客户

中午前,我们乘快客离开临沂到苏北新沂汽车站下车。

我和小胡在小吃店吃了中餐后分别,小胡准备乘火车经皖北宿州、蚌埠、阜阳、淮南回访客户再回公司,我则从新沂火车站乘火车到苏北连云港。

在连云港回访客户后,我经苏北徐州、宿迁、淮安、盐城、南通回公司。

第三十二章

策划百日大战

转眼已过立秋,炎热的夏天过去了。浙北管业公司仍在举步维艰中不断向前探索和发展着,面对公司产量、质量、营销三大困境,公司更换了新聘请不久的技术员,重新招聘了一个技术员马工。股东李总取代庞总全权负责营销工作,并临时口头任命我为公司营销部经理兼办公室主任。

虽然我是一个没有享受任何公司福利和报酬的"新官",但多少也要"新官上任三把火",发挥一下自己的光和热。

首先,在我的强烈要求下,办公室隔壁的一个房间腾了出来,改装成了营销部。我们营销部5个人去市场上买了一桶白涂料,自己动手把墙面粉刷一新,并去镇上的家具店买了6张简易小办公桌,每人一张,还安装了一台办公电话。从此,我们结束了没有办公室和办公桌椅的历史。

为了营造营销部良好的办公室氛围,我充分发挥自己多年从事广告策划、企业 CI 形象设计的特长,没有花费一分钱,土法上马,废物利用，制定了营销部和办公室各种规章制度、上下班考勤制度及奖惩制度、卫生值日制度。

为了改变公司春、夏两季度因产量低、质量不够好、价格高等造成的销售量下降的情况，我策划了营销部"百日大战"营销活动，计划2011年8月中旬召开浙北管业公司首次全体营销员会议。

我电话通知各片区的营销员于8月15日晚上准时出席首次全体营销员会议。

为了提高全体营销员的整体营销实战技能，方便员工培训，我日夜起草编写了一本《营销员基本知识培训简易教材》，叫小施打印后装订成册，以便在营销大会上传阅。

同时，为成功召开浙北管业公司首次全体营销员会议，在会务活动方面，我做了周密的策划和安排。

首先，我指定小陈为大会主持人，让小毛为会议提供后勤保障服务，安排石、庞两股东首先发言，接着各片区营销员汇报这几个月的营销工作，最后由营销股东李总宣布秋季"百日大战"各营销员的销售任务。我还写好了会议的导语给小陈提前演练学习。

2011年8月15日夜晚6点，营销部简易办公室内6张小办公桌排列在一起，成了像样的"会议桌"，各股东领导和各营销员对号入座。

营销大会按原计划准时召开，开得相当热闹、成功。虽然有的同志初次发言，有点不习惯，但都热情高涨，积极发言，对完成"百日大战"的目标充满信心。

会议结束后第二天，各片区营销员随身携带样品奔赴市场前线。

"强攻"苏南市场

我们公司地处浙北与苏南交界,距苏南的昆山、太仓、苏州、无锡只有150公里左右,而我的营销主战场也在江苏。苏南虽已大开发、大发展了近20年,但发展空间仍很大。唯有强攻下苏南市场,我才有希望实现"百日大战"的销售任务。

我已多次在攻打苏南市场时碰过钉子,但苏南市场是"商家必争之地",苏、浙、皖三省同行数十家企业都在抢夺这块"大蛋糕"。我重整旗鼓,振作精神,拿起新近生产的两大袋样品,全副武装进军苏南,进一步重点突破有合作意向的A类目标客户,宣传公司新的销售政策。

我省吃俭用、早出晚归,花了5天时间回访、跟踪了昆山、太仓、常熟、苏州、无锡5个城市的客户,与昆山一家客户达成合作意向。确定了2011年12月份开始合作的太仓、无锡、苏州3个潜在A类大客户……

难忘的50岁生日,夜宿嘉兴站

2011年农历八月初二是我50虚岁的生日。

在我们老家,一个人50岁时,会在正月里挑个日子或在生日当天"做寿",俗称"做50岁"。

记得春节过后,公司几个股东在闲谈中说起在我生日那天办两桌酒给我"做50岁"。当时我是这样说的,如果在2011年生日前销售金额达到1000万元,或者回款超过500万元,两个目标达到一个,我同意"做50岁",如果一个目标都没有达到,那就算了。

我自3月9日干销售起已有半年,可实际销售额只有百余万元,整个公司销售额也没有达到500万元,公司营销部5人合计销售额都没超过400万元。

面对公司和自己惨淡的销售额,我哪里有什么心情"做50岁"?

于是,八月初二大清早,我就偷偷去嘉兴回访客户了,实际上是找借口"逃跑"了。

当时,我们每个人口袋里有多少钱,营销部和办公室的几个人都知道得清清楚楚。一般情况下,大家身上的现金几乎不会超过50元,那天我口袋里的现金不到15元,转乘了几趟城乡公交车,中午前到达嘉兴时连中餐的钱也没有了。

午后,妹妹来电提起今天是我的50岁生日,问我在哪里。我说出差在外地,已没有回公司的路费了,就叫妹妹给我的银行卡里打

一位农民工35年的寻梦之旅

了 100 元钱。

接着公司石、李两位股东相继来电,问我在哪里,我谎称上午搭回程货车出差到江苏了。他们都知道我没有钱出差,都认为我躲在附近,叫我回来过生日。我只有在电话中说声谢谢领导的关心,心意我领了……

下午,我回访客户后,取出了卡里的 100 元钱。晚餐在沙县小吃店吃了一笼蒸饺、两块香干、两个蛋,喝了一瓶土黄酒,合计 20 元钱,就算给自己过了 50 岁生日。

夜里,我就在嘉兴站广场的石阶上露宿。

秋天的午夜,已有些寒冷。我睡在冰凉的水泥地面上,仰望天空,回首人生五十载,败笔触目惊心。年过半百的人,竟然过着"地做床来,天当被盖"的 20 世纪 30 年代旧社会的苦难生活,实在是太不应该了。

重去昆山、杭州求职

转眼秋去冬来,2011 年马上过去了。

深秋初冬,浙北管业公司仍在举步维艰中缓慢前进。由我提出的秋季"百日大战"计划已经结束,只完成了目标的冰山一角。2011 年度公司产品生产、质量和营销方面整体不足。

我个人的生活已到捉襟见肘的地步,在有限的经济收入中,我还得省吃俭用给上大学的儿子寄生活费。

在一个初冬的寒夜,我从安徽合肥乘火车到浙江长兴火车站下车,时间是晚上 8 点左右,为节约 30 元住宿费,我就在长兴火车站候车厅坐了一夜,候车厅没有空调,漫长的冬夜十分难熬。

在候车厅内,回首近一年的营销生活,自己连一个普通打工者的钱也没有挣到。打工者夜里还有热被窝钻,一日有三餐吃,而我作为一个企业的营销员如今却过着半饥饿、半流浪的生活,真是长夜难眠。

为此,我出差到昆山、杭州时,又去了劳务市场求职找工,重新体验 2010 年下半年无数次失望地离开人才市场和劳务市场的求职经历。这能让我的头脑保持清醒,告诫自己一定要勒紧腰带渡过难关,伴随浙北管业公司度过艰苦的创业时期。我同小施已做好了最坏的打算,如果企业真的倒闭关门了,我们也要做最后走出大门的人,站好最后一班岗……

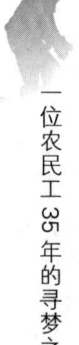

第三十三章

别了，2011年

到2011年12月28日，我加盟浙北管业公司满一周年，浙北管业公司成立也整整一周年。

公司2011年度总产值750万元左右，总销售额700万元左右。我本人年销售180万元，出差苏、浙、皖、赣四省146天，平均每天出差费用（含车旅费）48元（其中70%为车费），30元以下的旅馆住了不到30晚，拜访客户超400个。

因老厂区厂房已严重制约企业的发展，浙北管业公司为了求生存、图发展，决定2012年元月搬迁至新址。

公司董事会决定2012年春再增资扩大生产规模，投资生产新的产品。

我告别了艰辛开拓营销渠道及发展客户的2011年，浙北管业公司也度过了生死存亡的2011年，我们迎来了2012年希望的曙光。

为了 2012 年

为了在 2012 年有所突破,新年元月上、中旬,我突击十多天,转战苏、浙、皖三省回访跟踪有意向合作的客户,并顺利签订了 2012 年长年合作经销商 8 个,完成预售额 1500 万左右。

元月中旬,公司车间生产线及机器设备全部搬迁至新厂区,机器设备安装调试顺利,为 2012 年新春后能马上投入正常生产打好了基础。

2011 年农历腊月廿五,公司放假。

他乡第二个春节

为了能荣归故里,农历年底,我曾一度加倍"博彩"。每次买"双色球"福利彩票 10 注左右,梦想中个大奖,还清欠下的"高利贷"余债。

据说彩民大军中 95% 为穷苦阶层,真正的老板是很少去买彩票的,或许他们太忙没有时间去买吧。

玩彩票,我虽没有中过什么大奖,却给我枯燥乏味的打工生活增添了一点乐趣和希望,培养了我对阿拉伯数字的兴趣和感情。之前,我是一个看到数字就头痛的人,也没有什么理财细胞,吃了"你不理财,财不理你"的苦头……

除夕前一天,我给父母和儿子打了几千元"压岁钱",自己只留下不到 1000 元钱作为春节以后出差的费用。我告诉父母今年没有挣到钱,无脸面对江东父老,决定在浙北农村出租房过第二个春节。

除夕早晨,货车司机老高来电叫我到他的出租房里一起吃年夜饭,老高全家今年过年也决定不回河南老家。

下午 4 点,我准时去老高的出租房内吃年夜饭,多少找到了些过年的感觉。老高全家人都十分热情,我喝了一瓶白酒。这个年比 2010 年一人在出租房里过得热闹多了。

第三十四章

新春第一战

新春正月初九,正式开工。上午,公司办了简单的开业典礼,拜了天地菩萨,放了烟花爆竹。我也祈祷2012年公司生产顺利,产品质量稳定,销售有大的突破。

元宵节前,我们办公室人员也全部搬迁到了新厂区办公,新办公室宽敞明亮,置办了新的办公桌椅,大家信心更足了。

我把2012年作为人生之路战略大反击之年、大逆转之年,年销售任务是1500万元。

元宵节后,我就冒春寒春雨出差到江苏,准备打响新春第一战。

老父旧病复发

正月中旬,我多次接到老家弟弟和妹妹的来电,说父亲旧病复发,在县人民医院治疗。

父亲自 2010 年上半年 4 月份出院后,在老家已平安度过了一年半。家中老人身体健康,我在外面漂泊也少了点担忧。可我的心仍然是悬着的,两位老人家毕竟年迈体弱。特别是我负债"逃离"新昌,徒增了二老不必要的牵挂,还让他们在村人面前抬不起头。

公司新厂区新车间于 2 月下旬顺利投入生产,不久增添了两条生产线,增加了新产品。这样基本可满足老客户对产量的要求。

我唯有加倍发愤工作,多销产品,增加销售额,才能多赚劳务费,多挣点钱救治父亲。

重返江西、福建

2012 年 3 月下旬,公司领导委托我协助浙西南、江西片区营销员老徐开拓业务。

我同老徐在浙江金华、兰溪、龙游和江山共同开展业务才三天,老徐母亲身体不适,他就回江山老家去了。午夜我独自一个人乘火车去江西南昌开展业务。

第二天早晨5点我到达南昌。记得1984年冬从江西打工返乡回老家时,曾乘火车路过南昌。一转眼,已有28年了。

28年前的那个冬天,我23岁,风华正茂,意气风发。

28年后的今天,我已年过半百,手提一大蛇皮袋样品重返南昌"跑推销"。其中滋味,如寒天饮水。

尽管这次只是协助老徐来江西开展业务,但我仍不顾在火车上站了一晚的劳累,出了火车站,先去洗手间简单搞了一下卫生,然后随便吃了些早餐就去寻找南昌的物流公司。理顺了物流费用后,开拓业务、拜访客户时就可让客户做全面比较了。

南昌是江西的省城,只要一攻打省城市场,我就特别兴奋,斗志昂扬。那天我从早到晚忙着跑业务,重点拜访了5个客户,挖掘到有总代理意向的客户一家。第二天上午还去了南昌市郊的南昌县城开拓业务。

下午5点左右,我乘过路中巴客车到江西抚州市,夜宿15元一夜的小房间。

我在抚州首战告捷,拜访首个客户就成功,客户自叫浙江回程货车立马去我们公司拉货。

3月26日中午,我在抚州汽车站乘小汽车到江西省东乡县,顺道去东乡县城区转了两个建材市场,夜里在东乡站乘火车去了福建省三明市。

3月27日凌晨4点左右,我到达了三明市。

这是我初次到三明市,我在火车站前的几棵大香樟树下坐着等天亮。

天刚蒙蒙亮，我走到三明火车站前的大桥上，江水滚滚向东流去，蜿蜒地穿城而过。三明城笼罩在晨雾中，四周群山起伏，是一个美丽的山水城市。

当早晨太阳上山后，山清水秀的三明城犹如一位大姑娘揭开了神秘的面纱，山水相映。我第一次看到如此秀丽的山城。

上午，我乘公交车跑遍了三明市，没有看到一个销售埋地用管道的商店，午后我返回三明火车站广场，并同从福建泉州老家扫墓归来的同事小陈碰面。下午3点左右，我同小陈分别，他又回老家去，我就在夜里乘火车到闽北邵武站下车。

3月28日早晨，我到达了28年前打过工的邵武。

邵武火车站，看着还是过去的老火车站。忆往昔，1983年底，我千里迢迢首次从浙东来到邵武做木工，多少次在邵武火车站乘火车，多少次来回奔波于邵武与光泽之间。

走出邵武火车站，我在火车站前的小吃店吃了早餐，并喝了一小瓶白酒，以庆祝故地重游。

我坐在小吃店，一边慢慢品尝白酒，一边看着邵武火车站进出的人流，浮想联翩。

我在福建度过了难以忘怀的9个月的打工生活，每次来到邵武，总要到邵武火车站转一圈，盼望有朝一日挣到钱，实现梦想，高高兴兴地早日返乡。

当我路过邵武熙春公园边的大桥时，我停下了脚步，感慨万千，大桥还是以前的大桥，大桥上留下了我青春的足迹。我站在大桥上眺望邵武城，城市变大了，街道变宽了，房屋变高了。

我又来到熙春公园沧浪亭边的大香樟树下，记得28年前，1984年大年初一，我坐在树下的石桌上拍了一张黑白照片。为了留念，我去离公园不远处的一家儿童摄影店叫了一位摄影师给我拍了一张同样造型的照片。

中午前后，我去邵武市区走访了两个客户，目的是了解一下福建县级城市的管道市场。从浙北到闽北相距千里之遥，运费压力巨大，福建本省又有多家同行，看来想在这里找到合作商希望不大。

下午我去摄影店取回照片后，本想去趟邵武市屯上乡分站村洪源畜牧场，在那里我曾经生活了3个月，想去看一下昔日的异省友人。但考虑到身上的钱已不多了，还随身带着半袋样品管，总觉得不方便。时隔28年，过去的山寨和过去的人是否还在？现在多少村庄在消失，多少人员在流动迁移啊！多年没有通信，朋友们也许都不在了。如果还是像过去那样没有通公路，还要翻山越岭，住宿都成问题，弄不好还要在大山上露宿。思前想后，还是没有去看望我的"第二故乡"。

午夜前，我在邵武火车站乘上了列车，29日早晨到达浙江义乌。

在义乌拜访的第一个客户就明确表示要与我们公司成为合作联盟，中午我乘火车离开义乌北上回公司。

这次共出差10天，总花费近千元，转战闽、浙、赣三省大小9个城市，一次性成功开发6个客户，但我把客户全部移交给了老徐，算我友情支持。

第三十五章

月销量超百万

2012年4月,我的月销售额突破百万大关,这是我加入浙北管业公司开展营销工作一年多来,首次月销售额超百万,我也创下了营销部月销售额100万的纪录。

100万的月销售额,也就是说我的月劳务费超过了10000元,这让我信心倍增。

开始还债

欠债还钱,天经地义,即使借的是利滚利的"高利贷"。不管多么辛苦,我迟早会还清自己欠下的那些债。

我的收入在不断地增加,但我仍然十分节俭。我计划拿出一部分收入来慢慢还债。

经略中原大地

5月上旬,为拓展业务,增加销售额,我又带着大袋样品首次北上中原大地——郑州,那里是河南省省政府的所在地。

我习惯乘夜班的火车,一般都乘普快硬坐列车,反正是夜里的时间,可把坐动车、高铁的钱节约下来用于营销。

早晨火车到达郑州,我转乘多趟城乡公交车去新郑市拜访一个大客户。客户系浙江台州人,洽谈后他表示近期会乘飞机到上海,再来我们公司考察。

5月上旬,时令已是夏天,中午的郑州已十分炎热。我为节约时间和金钱,无心去陌生的郑州市区游览,中午就在郑州站乘火车南下苏北徐州。

在徐州回访了两个客户后,我乘快客到安徽省皖北的淮北市。

因徒弟小胡同意退出淮北市场,我决定顺道去开拓一下那里的市场,幸运的是我在那里发展了一个客户。

紧接着我继续南下江苏南京,踏上了向往已久的六朝古都——南京的土地。在南京,我忙里偷闲游览了玄武湖、雨花台等地。

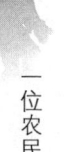

汇钱救父

2012年春节过后的近5个月里,父亲的病情反反复复,多次进出县人民医院。有几次出院回老家只待了不到3天,又住回了医院。

6月上旬那次住院已经是他上半年的第5次住院了。

我人虽然在异地他省开展营销业务,但心一直牵挂着病床上的父亲。

我只能多销产品、多挣钱,以补偿不能在父亲病床前尽孝的遗憾。我要和时间赛跑!

我又一次习惯性地进入了"战时状态",每当遇到重大变故和事件,我就会及时调整自己,绷紧生活的"弦"。

这次,尽管我远在离家千里之遥的郑州、苏北、皖北地区,可远比之前在新昌中医院、人民医院亲自日夜照顾老人家还要心累和担忧。

我认为一个家庭幸福的前提是"家中无病人,牢中无家人"。

6月下旬,我又接到妹妹来电,说父亲病危已转入重症病房抢救监护,幸好在重症病房治疗几天后,父亲病情稳定又转入普通病房了。

我同父亲在电话里简短说了几句,父亲声音还正常,头脑还清醒。我安慰父亲,要安心养病,我业务已有好转,千万不要为省钱而放弃治疗……

6月下旬,公司营销部新招进来一个小青年小徐,领导委托我带一段时间。

我就带领小徒弟小徐去江西、安徽和宁波跑市场,开拓新的战场。

到7月,我已连续3个月月销额超100万元,其中有2个月已超150万元。

父亲这次已住院50多天了,妹妹来电说父亲的病情不甚理想,有时候需吸氧气维持生命。

以前我在新昌时,父亲每次住院一般10至15天就可以出院,在乡下多少能稳定几个月的,而这一次住院已近两个月了,弟弟和妹妹都不敢让父亲出院。我开始日夜担心父亲的病情,有一种不祥的预兆。所以,我决定回新昌人民医院去看望父亲一次。

可我是一个"逃债"在外的人,公司营销部大徒弟小胡一听说我要回老家,极力劝我不要回去。

小胡是2008年因赌博欠下高利贷债务而放弃一家私企"跑路"的,他胆子小,生怕我回新昌时被"债主"碰到,弄不好双方大打出手,这样更麻烦。

我不怕什么讨债佬,就怕看到一个体弱多病的老人,一旦看到盼望已久的儿子归来,就撒手而去。这样我心里更难受。

倘若我不见父亲,或许他老人家心心念念惦记着儿子,会为了看到儿子而以顽强的意志活下去,没准可多活几天。

当时,我自己因为牙齿问题也在医院治疗,治疗费用也不便宜,这样一来我的经济状况更是捉襟见肘。但我依然坚持要给父亲提供最好的治疗。

就这样,我又联系老家的弟弟,建议将父亲转到杭州的大医院诊断一下,弟弟说,杭州大医院的专家可远程诊断,又说父亲的身体已十分虚弱,不适合长途奔波了。

我只能给弟弟2万元钱让他好好给父亲治病,其他的什么也做不了。

我在心急如焚、如坐针毡中开展营销工作,为防父亲有不测,决定在附近县市工作一段时间。

星夜飞驰老家探父

8月上旬,父亲病危又转入重症病房抢救。

一星期后,妹妹来电说,医生还不敢拔掉呼吸机,可呼吸机插管不能长时间插在气管中,如再不拔的话,则要在咽喉边上切个口再插进呼吸机。我告知弟弟、妹妹叫医生先拔出呼吸机试一下,如父亲能恢复呼吸,尽量不要切切口,以免受皮肉之苦。

后来,医生给父亲拔掉了呼吸机,经过三天,父亲慢慢恢复了呼吸,病情基本稳定。由于普通病房没有床位,父亲在重症病房又住了几天,之后才转入普通病房。

在转入普通病房的当天晚上,我打通妹妹的手机,同父亲通了电话,电话中父亲讲话声音较重,思路清晰,不像一个重症病人,妹妹也说父亲很坚强。

我内心仍希望父亲像母亲那样能转危为安，创造生命的奇迹。

谁知这竟是我同父亲的最后一次通话……

农历二〇一二年六月廿八，阳历 2012 年 8 月 15 日傍晚，父亲转入普通病房后没几天，去卫生间时差点昏倒。我接到在医院陪伴父亲的妹妹的电话，她告诉我父亲可能不行了，问我将父亲再转到重症病房抢救，还是送他回老家。

这天弟弟还在从江西南昌返回新昌的途中。

我离开新昌近两年之久最担心的一件事终于发生了。

我决定连夜赶回新昌，本想叫公司石总开车送我回去。不巧的是，那天晚上公司车间一个职工脚意外受伤，石总开车送他去县城医院医治，手机一直打不通。公司地处乡下农村，又不方便打的。

我联系弟弟让他等我赶回新昌县人民医院后，再做决定。我只好等天亮后，赶早班车回新昌。

农历六月廿九凌晨，我在一场噩梦中惊醒，吓出一身汗。梦中看到一座豪华的古墓，古墓四周都是用石头做成的各种怪兽，张牙舞爪的，发出各种古怪的号叫声，而老家熟悉的后山岗边则新添了一座摆满花圈的坟墓。

凌晨 3 点左右，我便起床了，一种强烈的不祥的预感袭来。我简单整理了几件生活用品，摸黑到公司办公室等天亮，又不抱希望地打了几次石总的手机。

过了 3 点，石总终于来电。我三言两语告知他情况后，石总开车来公司,二话不说,带着我星夜向浙东新昌飞驰。

就在我做噩梦的时候,弟弟妹妹已叫医院救护车送父亲回老家了。

近乡情更怯

汽车顺道路过杭州城郊的一个高速出口时,我接上妹夫和外甥一道回老家新昌。

上车后,我联络妹妹,得知父亲已重度昏迷,正在和死神顽强地抗争着!

车子经绍兴、上虞、嵊州,高速直达新昌老家。

沿途的一切是多么熟悉,虽离别新昌有两年之久,但一切对我来说都那么熟悉。

早晨7点,当汽车快到老家的镇边时,我深深体会到"近乡情更怯"的滋味。

因我是负债而"跑路"的,好事不出门,坏事传千里。近两年,有个别"债主"去我老家讨债,给两位老人家添了不少麻烦。我的父母也是要面子的人,家中有人"逃债"在异地他乡,总觉得是不光彩的事情。我这个不争气的"败家子",一失足成千古恨,给二老脸上抹黑,使他们在村人面前抬不起头……

我一直希望有朝一日还清"高利贷"余债,荣归故里。而今却是这般光景星夜匆匆赶回老家探望病危的父亲。

石总和我妹夫生怕我在车上被村人看到，担心有幸灾乐祸的好事者通风报信给"债主"，劝我从村后山步行回老家。经不起他们的劝说，我从后山踏着沾满露水的泥土草路回到了老家。

　　六月廿九早晨8点左右，我回到了阔别两年之久的故乡。故乡的一草一木、一山一水是么亲切，无数次出现在我的梦中。

　　我一路小跑着到达老家村后山的小路上，果然在村后的山坡上，看到如梦境中一样的一座摆满花圈的新坟，想必最近又有一位村人离开人世了。我顿时冒出一身冷汗。

　　我家在村后山脚下，回村时我几乎没有碰到一个村里人。我从小叔、三叔家路过，小叔家大门关着，三叔家后门开着，我从三叔家后门进去，同三叔打了一下招呼。三叔还在吃早餐，看到我，并不感到惊喜和惊慌，随便问了一句："这几年去哪里流浪了？"接着就神情严肃地对我说："后半夜救护车已把你阿爸送回家，是我和你小姑夫从救护车上把他抬回家的。"

　　我从三叔家出来，又走过自家常年开着门的猪栏小屋，小屋里的一根横梁已断，屋顶已见天光。

　　我一走进大门就发现家中来了好多亲戚，有小舅母、几个表兄妹和表妹夫，还有大姑夫、小姑妈全家。不一会儿三叔和小叔都来了。

　　我同众亲戚打了招呼后，走进一楼的房间，母亲正坐在房间门口，一看到我回来了，咧开了没有一颗牙齿的嘴，对我说："武钦，你回来了，是我叫你弟通知亲戚的，趁你阿爸刚出院还清醒着，让亲人们来看看说说。"

我走近父亲床边,喊了一声阿爸。他还昏睡着,从头到脚上都是汗,我在床头拿了一块毛巾给父亲擦了汗。接着,母亲走到父亲床边喊着:"苗富,苗富!武钦回来看你了!"我又俯下身,在父亲的耳边轻轻地喊:"阿爸,我是武钦!"

父亲睁开浑浊的眼睛,他的身体已经虚弱到极点了,连应声的力气也没有了。但我从父亲眼睛的转动中,觉察到他心中已知道望眼欲穿的大儿子已经回老家来看望他了……

接着我去厨房倒了半碗凉开水,用调羹喂给父亲喝,我叫父亲张开嘴喝水,他照做了。

不一会儿,父亲全身又冒出了冷汗,我拿毛巾给父亲擦干净,小舅母也来帮忙。我轻轻地拍父亲的胸膛,拿着扇子轻轻地给父亲扇。我握着父亲粗糙的大手,仔细看着他,他比两年前白胖些了,可能是在医院待久了,没有晒太阳。

石总走到父亲床边,觉得他气色不错,至少还能活一星期左右。

这时,家中亲人已开始准备父亲的后事了,三叔、小叔、大姑夫、小姑夫、小姑妈和弟弟准备去自家的山地上给父亲选坟址。他们叫我一道去。我想多照看一下父亲,就没有去,叫他们决定。

其他留在家中的表兄妹和表妹夫则去老屋清理杂物等。

上午10点左右,当我再次喂父亲喝凉开水时,发现他转头已有点吃力了,连咽开水都有点困难了。

我同亲人们商量,是否再送父亲去县城医院。大表妹说:"表哥,不要去了,小姑夫看来不行了。"我母亲又对我说:"你阿爸看来活不长了,你阿爸走后,就剩下我一个人了,你们兄妹又在外面。如果你阿爸健康,看到你回家的话,一定很高兴的。"又问我:"你这次回家待几天?"我说:"看情况再决定。"

母亲也是过来人,已经历过多次与亲人的生死离别。

中午,三叔、小叔、小姑夫、小姑妈和弟弟等从山上回来了。小叔和小姑妈劝我中午就离开老家,说反正我已回家看到了阿爸,阿爸也知道我回家看望过他了,接着小姑夫等人也劝我早点走。他们担心有村里人看热闹,说不定会去通风报信,让"债主"赶来家里讨债吵闹。

亲人们都劝我,阿爸的后事有他们在,叫我不要操心,但我经济方面的问题,他们都无法帮忙。他们怕村里人看热闹,毕竟都是有尊严爱面子的人。

石总早已离开我老家回公司。我经不起众亲人劝说,看了最后一眼躺在床上病弱的父亲,内心仍抱着万分之一的希望,觉得父亲能活下去。安慰了母亲几句后,我就告别了众亲人。

可我离开老家时,坚决不走村后山小路了。

母亲送我到村口停车场,妹夫开着弟弟的车直接送我到邻县的嵊州客运中心。

就这样,我星夜飞驰700里路,回老家探望父亲,却只待了不到四个小时,就再次离别了老家,离别了老家的亲人,心情无比沉重……

子欲养而亲不待

下午,我从嵊州客运中心乘快客到萧山。

我顺道出了个差,回访了萧山、杭州的几个客户后返回了公司。

回老家的时候我把手机丢在了石总的车上,等第二天傍晚回到公司才发现妹妹给我打了很多通电话。我急忙回电,才得知父亲在我离开老家三个小时后,安详地离开了人世。我将永远记住这个日子,农历二〇一二年六月廿九,阳历2012年8月16日。

妹妹说,她和弟弟都没有哭,父亲8月19日就出殡了。我这个不肖之子决定不再回老家送父亲最后一程了,只打了钱给弟弟料理父亲的后事。

这天夜里,我只有在遥远的浙北农村出租房里,沉痛悼念已经逝去的父亲。

我是家中老大,9岁就随父亲去离家20多里外的大山上打柴,星期日和寒暑假时常同父亲一起参加生产劳动。一直到我离开新昌城的前几年,父亲才不大去老家田地上劳动,昔日和父亲并肩劳动的情景仍历历在目……

父亲生于20世纪30年代初期,在兄弟姐妹中排行老大,奶奶共生育了7个子女,二叔和二姑已经去世。父亲一生勤劳节俭,和气善良,团结邻里,疼爱子女。除对我这个大儿子严厉点,对我的弟弟妹妹几乎没有说过重话,更不要说动手了。

父亲去世时 79 岁,如果按"人生七十古来稀"来说,也可算高寿了。但就今天中国人的平均寿命来说,并不算长。

如今,父亲永远地离开了他热爱的土地和他的儿女们,走向了天堂,我唯有遥寄哀思。

这真是应验了"子欲养而亲不待"一说。父亲在生前的最后日子里,知道我已在外面挣钱了,但他再也看不到我还清债务荣归故里了,更不要说和我共饮小酒叙旧了。

安息吧,亲爱的父亲!

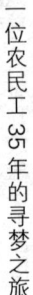

第三十六章

化悲痛为力量

我度过了如履薄冰、如临深渊的 2012 年上半年。

面对上有年迈老母日夜盼儿归,下有儿子还在上大学的境况,我的人生路任重道远。

进攻!前进!挣钱!这些在我心中仍是压倒一切的中心任务。

2012 年金秋,我化悲痛为力量,发起了一场"秋季攻坚战"。为了完成 2012 年的销售任务,我发展新客户,开拓新市场,三上河南郑州、苏南、苏北,闪电出击江西宜春。9 月、10 月连续两个月销售额超 150 万元,11 月份首次月销售额突破 200 万元。

11 月中旬,我从江西宜春乘火车北上皖北亳州以及河南许昌、漯河、驻马店、信阳,协助大徒弟小胡开拓皖北及河南市场。

他乡之恋

爱情是人类古老和永恒的主题,追求爱情和婚姻是每一个人都应当有的权利。这里我想对已经离异的人说,不管你的年纪是大是小,千万不要"一朝被蛇咬,十年怕井绳"。离婚的人,并非都是坏男人或坏女人,现实中之所以有多如牛毛的人离婚,是因为生活中有着太多的无奈。尽管有些理由和借口比较令人难以相信,但我认为绝不可以放弃追求幸福生活的权利,愚昧和封建落后的思想观念比贫困更可怕,一个没有欲望和梦想的人,是可悲的!

世上没有救世主,全靠自己救自己。

我过着漂泊不定的奔波生活,茫茫人海何处觅知音? 2011年春节前后,我工作基本稳定,枯涸的心田里,开始渴望爱的细雨滋润。为此,我在出差旅途中捕捉着爱的机遇和缘分。作为一个营销员和广告人,我像在市场中找客户一样找"媳妇"。

这真是有缘千里来相会,无缘眼前不相识。

2012年金秋,是一个收获的季节,我的他乡之恋开始了……

连续月销售额超 200 万元

2012 年 12 月,我连续第二个月月销售额超 200 万元,得到了公司的额外奖励——皮包一个。

2012年,我累计出差120天,超额完成年销售额1500万元的目标任务,位列公司营销部销售第一名。

同时,公司于2012年发展了网络营销,为2013年度夺取新的胜利打下了良好的基础。

第六部分

睡虎已惊醒

(2013年以后)

【导读】

我度过了忙碌、奔波、收获的 2012 年。

在过去的一年中,有生离死别,也有工作耕耘的收获。

为了早日扭转人生困境,更为了达到财务自由、心灵自由、身体健康和事业有成的梦想生活,我要保持战斗激情。一个战士唯有上战场,方显英雄本色。

睡虎已惊醒,我把 2013 年定为人生战略大进攻之年。我在心中立下了三年、五年奋斗目标,再战八年,在伟大的 2020 年,实现我的"个人梦",重新创建起属于自己的事业根据地。

第三十七章

新年新希望、新任务

截至2013年元旦,我加盟浙北管业公司满两周年。

新年元旦,是回顾和总结过去的时刻,是展望和制订新年新目标的美好时节。

新的一年,公司股东大会决定2013年春加大投资,扩大生产规模,开辟新车间,生产新产品。

公司下达给我们营销部的年销售任务是8000万元,我个人的年销售任务是3000万元。如果新车间新产品能如期顺利产出,产品质量稳定,我要向年销售额4000万元冲刺。

苏北遭遇五十年未遇之严寒

元月上旬,雪后放晴,可冰雪还没来得及融化,南方部分省市的高速公路依然封道,北方强冷空气又南下。

为了与客户签订 2013 年的合作协议,我等不及冰雪完全融化,就冒严寒出差到江苏、安徽。

我从苏南到苏北,开拓新客户,回访老客户,经过盐城、淮安、宿迁、连云港等苏北地区时,江河仍然冰封着,许多地方还积着厚厚的白雪。

在淮安的一天早晨,由于小旅社没有热水,一大早我就用凉水洗漱,结果从早到晚手脚几乎都没有暖和过。淮安白天温度一直在零下 8℃左右,据说这一年遭遇了苏北五十年不遇的严寒,洪泽湖结冰达 30 厘米厚。

我不畏严寒及凛冽的西北风,转战苏北大地。

淮北、合肥遭遇严重雾霾天气

2013 年 1 月中旬,我从苏北徐州南下皖北淮北。

一到淮北,雾霾蔽日,白天如同夜里。我感到呼吸有点困难,一张开嘴就有小沙尘进来。

上午我辗转几辆公交车去回访淮北的老客户。原本下公交车后,只要步行二十多分钟就可以到达客户的公司。可这天我走了两个小时左右也没有寻到老客户的公司。大白天我在浓雾中迷路了,连头发和外衣都打湿了。

下午 4 点我坐上了十多年没有人坐过的绿皮火车,火车从淮北到合肥。夜晚 9 点左右我走出合肥火车站,火车站外天地已连成一片了，2米之外什么都看不清，广场上的灯看上去没有亮光，有一种世界末日要到来的感觉。

我一刻钟也不想停留在广场上，便在售票厅买了去六安的车票，后半夜乘火车去了六安……

中国改革开放已有三十多年，早期走的是一条粗放式发展的道路，以牺牲和破坏环境为代价。土地沙漠化，洪涝、旱灾连年不断，这是大自然对人类的严厉惩罚和报复！

我这次出差了十二天，回公司后，咽喉肿痛，多痰、咳嗽和流鼻涕等呼吸道不适的症状接踵而来。

第三十八章

浙北第三个春节

农历 2012 年腊月下旬,公司全体职工在镇上餐馆吃了一年一次的"年底会餐",随后就放假了。

年底是回款的高峰期,腊月廿六下午,我最后一次冒风雪出差到苏南的昆山、太仓、苏州、无锡和常州,两天时间收款 150 万元。廿八夜里乘火车返回公司,大年除夕上午才开始休息。公司账务科一次性预支我劳务费现金 6 万元。这是我到浙北管业公司工作两年来,领到钱最多的一次,我把大部分钱用于偿还以前在新昌欠下的"高利贷"债务……

今年,同一幢宿舍楼中有好几个农民工都没有回老家,他们来自四川、广西、云南、安徽。有些全家都在外打工,家中已无父母了;有些在外打工多年,老家房子长久没人住,已不像家了,就算回去也只待几天,懒得搞卫生、做饭,干脆不回去算了,浙江的老胡就是这样。还有些人老家房屋年久失修,早已倒塌,"有家难归"了。

"常回家看看"已变成"难回家看看"了。有一句话说得好:"有父母的地方才是老家。"但"老家"两个字在许多农民工脑子里已逐渐淡化,被慢慢遗忘,他们已习惯四海为家了。

大徒弟小胡也是有家难归,中午前,我同小胡去村镇农贸市场采购了年货,准备在他的出租房里烧菜,下午 5 点,我们叫上老胡一家三口一道喝酒吃年夜饭。

这是我在浙北农村度过的第三个除夕,也是我在浙北管业公司度过的第三个春节……

睡虎已惊醒

起来,
饥寒交迫的流浪者;
起来,
苦难深重的 60 后农民工;
起来,
屡败屡战、百折不挠的战斗者,
被迫着发出最后的吼声!
为了信念,
为了责任,
为了梦想,
更为了美好的明天。
满腔热血已经沸腾,

愤怒的火焰已经熊熊燃烧。

我要为正义的胜利而决战！

再决战！！

2013年新春过后，我这头壬寅年的睡虎惊醒并仰天长啸：我要扭转经济大败局！我要竭尽所能，使出浑身解数，分秒必争，在现有的这份来之不易的没有底薪没有差旅费等福利待遇的工作中，挑战自我，战胜自己，充分发挥自己的潜能，施展自己的"拳脚"，打赢人生的"擂台"。

我在做营销时向业界高手学习，取百家之长，补己之短，同时也要走一条具有自己特色的独树一帜的营销道路。用心推销，依法营销，精诚开路，以人格、人品、激情、责任、感恩和口碑签单，有朝一日力争能达到"让客户以同我老梁合作为荣"之境界。

过去的就让它过去，重要的是今天和明天。凡事要敢想、敢说、敢做，而且要想对、说对和做对。52岁，对于一个勇往直前的战斗者来说，是人生第二个春天的开始，我要用正确的方法做正确的事。不是千万不能做错事，而是没有任何借口、绝不允许自己再做错事！

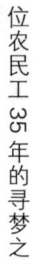

发展南北两块新的"根据地"

为了配合公司新的发展需要,力争 2013 年突破年销售额亿元大关,我决定去拓展新的市场区域。

因江西市场是江山老徐的管辖片区,我决定以三省交界的赣西南城市宜春市为中心,发展管道批发经销业务。通过两年左右的培养发展,先在宜春市场中站稳脚跟,以宜春为中转仓库,再向赣、湘、鄂三省边界进一步发展,使宜春成为年销售额超 1500 万元的市场。

另外,再以苏北徐州为中心,在徐州找到一个有一定实力和信用的管道批发经销商。基本占领徐州市场后,再向四省交界的豫东、鲁南、皖北和苏北广大地区发展。以徐州为中转批发基地,争取达到年销售额 2000 万元的目标。

为此,新春正月中旬我就出差至江西宜春以及苏北徐州,全面实施我的营销计划。

巩固苏、浙老"根据地"

巩固和维护好老客户,开拓和发展新的客户,是一个职业营销员每天应做的基本工作。2013 年我给自己定了目标：争取在老客户群中完成年销售额 6000 万元左右。

客户是我的衣食父母，不是老板给我发的劳务费和奖金，而是客户。

我同客户的关系很好。我们互相学习，互相成长和进步。由于我不太会讲普通话，只要在公司，紧要的业务，我都用传真件与客户交流；一般的业务和感情交流，我还用延续几千年的书信的方式。

我是抱着一种责任感和使命感从事营销工作的。

营销员和推销员从事的是一项既辛苦又遭人白眼的工作。在一份职业调查中，就社会认同感讲，营销员（含保险营销员）有一年排名倒数第一，在之后的一年排名倒数第二。

可我从不认为营销工作是一个位卑的行当，我本是农民，从小就热爱劳动，尊重劳动人民，特别尊重劳苦大众及身残志坚的人。

一个人从事任何工作，只要怀着感恩之心、责任之心，就会有无穷动力推动着你不畏艰难和险阻，去完成和实现自己的任务和目标。

从狭义上来说，我是为自己和家人才投身营销工作的；从广义上来说，是为了公司的生存和发展，才去市场前线找客户卖产品的；从某种意义上说，是为了我们国家强盛，振兴民族企业，尽一个公民应尽的义务和责任才去推销的！因为个人、企业、国家三者是一个命运的共同体。

我是一个有事业心的人，我可能做不到一个行业中的第一，但我会尽量争取做到一个企业中的第一；如果确实尽了全力，哪怕倒数第一也不气馁。我积极向先进学习,因为只有尊重对手,才能战胜对手。我在实践中不断总结工作特点、规律和经验,吸取教训,改进不正确的方法,以积极进取的精神态度,挑战人生的极限。

第三十九章

从流浪汉到月薪 3 万

2013 年春，公司产品因原材料质量参差不齐等方面的原因，质量不稳定，产品规格不齐全，产量也赶不出来。但在早春三月，我完成了月销售额超 300 万元的目标，我从一个流浪汉变成了月薪 3 万的"60 后"打工仔。

我对自己月销售额超 300 万元的成绩，评分是 60 分，这也是参照我们公司的生产能力和规模而言的。

我的年销售额目标是超亿元大关，月销售额的最高目标是 1000 万元，完成这些目标我才能给自己打 90 分。我听说四川成都有一位女性埋地用管材营销员，年销售额达 1.4 亿元，那才是一个可打满分的营销员，是值得我学习的行业榜样。

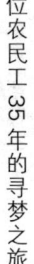

新车间试机生产

2013年5月19日上午,公司新车间经过两个月的紧张筹备调试,新产品HDPE双壁波纹管开机生产。

为了图个吉利和开门红,股东代表、办公室人员、车间主任、营销部销售代表举行了开机前简单的开工典礼。

新车间一切按6条生产线规模设计施工,计划8月份前先投资3条线,年底再投资3条线,这样的话,加上公司老车间原有的7条生产线,8月合计将会有10条生产线。

我曾同技术员马工聊起,如果公司的开机率能达到80%,年生产能力则可达到2.5亿元左右,初步计算,只要在2013年度搭建好销售网络构架,就有望提前一年在2014年度打破年销售额亿元的大关。

倘若天遂人愿的话,2013年下半年我大干快上,提前吹响总攻的号角,再战三年,将彻底扔掉"负翁"的帽子,成为有车、有房、有新事业一族。

难熬的2013年夏天

2013年盛夏,中国大地大部分地区经历了50年不遇的40℃以上持续高温的天气,浙北平原同样如此。我们老家浙东新昌,8月上旬有几天最高温度在44℃以上,位居全国高温城市之首,江河几近断流。

这的确是一个难熬的酷暑。

然而,我们并没有被这样的酷暑吓倒,依然奋勇拼搏,我们的浙北管业公司也在大踏步向前跨越式发展着。

2013年新年后,金总开始负责企业的财务工作。6月以后,柳总负责企业生产,狠抓车间生产和质量关,重点清理了营销部应收的陈款。金、柳两位股东都办有数百员工的实体企业,有多年的企业管理经验。

可由于6月银行贷款没有到位,新车间的一条生产线开机后,另一条生产线的机器设备到8月才运到。新车间又占用了老车间的部分资金,致使老车间开机率不到一半,原材料还经常供不上,对销售人员来说几乎到了山穷水尽的地步。

7月中旬,企业创始人之一财务科的小施辞职,另谋职业,我失去了一个可以谈心的80后朋友。7月下旬,营销部小徒弟小徐力不从心,也辞职去宁波打工。

因夏季电力部门限电等客观原因,此时公司实际上处于半停产状态中。

由于公司生产量大幅下降,营销部的销售额也跌至月销售额500万元以下,我也连续几个月销售额跌落300万元以下。客户怨声也多起来,营销网络岌岌可危。

2013年8月下旬,为力挽狂澜,转危为安,公司股东大会决定再增资……

借十八届三中全会的东风

秋去冬来。

2013年初冬的阳光特别温暖,天空格外明朗。

中共十八届三中全会于2013年11月9日至12日在北京召开。

中国的改革站在了新的历史起点上。以习近平总书记为首的新一届党中央领导集体将带领全国各族人民再次谱写改革开放伟大事业的新篇章,为全面建成小康社会,不断夺取中国特色社会主义新胜利、实现中华民族伟大复兴的中国梦而奋斗!又一次吹响了全面深化改革、进军现代化的嘹亮号角。

值此万众瞩目与期盼的时间点,我回首往事,心潮澎湃,展望未来,激动不已。

人类最可贵的财富是梦想。而梦想,是一个国家和民族前行奋进的灯塔。一个人或一家企业同样需要梦想和奋斗目标。

三十五年前的1978年12月,中共十一届三中全会召开,拉开了中国改革开放的序幕,中国由此进行了一场史无前例的、举世瞩目的新时期的新长征。

三十五年,弹指一挥间。如今一个伟大强盛的中国屹立在世界的东方,经济总量已位居世界第二。

中国的改革已向纵深推进,已步入"深水区",不进则退。唯有壮士断腕,方能自救;唯有深化改革,才能激流勇进。

2013年11月,浙北管业公司创办满三周年,经过三年的不断求索和发展,公司度过了"三年之痒"的艰难时期,跨过了中国民营企业平均寿命2至3年的"门槛"。

在中共十八届三中全会召开前夕,公司股东大会提前召开,制订和规划了2014年度企业发展规划和年度销售目标任务。

新车间HDPE波纹管6条生产线按原计划在2013年12月全部安装配齐。计划2014年年销售额1.2亿元,冲刺目标1.5亿元。公司下达给我的任务是年销售额5000万元,而我心中的最高目标是年销售额1个亿,即实现我"百万年薪不是梦"的多年梦想。

2013年11月中旬,十八届三中全会胜利闭幕。

我为了完成2013年度的销售目标,发起了"冬季攻坚战"。通过进一步追踪、回访新老客户,连续每天销售额超10万元,有几天超20万元,这也为2014年我能创造出新的营销奇迹打下了良好的基础。

为弥补50岁之前因诸方面原因造成的损失,更为了实现我的终极奋斗梦想——重新创办起属于自己的事业根据地,我要借十八届三中全会的东风,再战七年,力争在伟大的2020年实现我的"个人梦"。

我坚信

冬天来了,

百花烂漫的

春天已经不远了!

梦想就在前方彼岸

向我招手，
指引我起锚扬帆 ——
搭乘继续深化改革开放的
"中国"号巨轮，
劈波斩浪，
开始新的航程……

第六部分　睡虎已惊醒（2013年以后）

题外话：莫以成败论英雄

三十五年，弹指一挥间

从 1978 年写到 2013 年，真可说，三十五年，弹指一挥间。

三十五年，人生似流水，日月如梭；三十五年，星移斗转，冬去春来；三十五年，沧海桑田，人间巨变。

忆往昔，中国改革开放初年，我风华正茂，放下书包走向田野，走向社会。

为了实现自己的宏伟目标，我风雨兼程，从农村到城市，从新昌又走向苏、皖、赣等地。

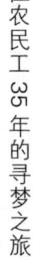

一位农民工 35 年的寻梦之旅

在忙碌、奔波、忧患和危机感中生活着

从我走出校门至今，说难听点，是在"穷忙碌"和"瞎折腾"。说好听点，是在忙碌、奔波、忧患和危机感中走过了三十五年。

我的亲朋好友，包括我父母，一致认为我是个"劳碌命"和"苦命人"。这可真应验了人们常说的"心比天高,命比纸薄"的俗语。

我属虎,多少有点虎的性格,敢于冒险和挑战,疾恶如仇,爱憎分明。可也有许多性格上的不足之处,譬如有时一意孤行,不撞南墙不回头,不到黄河心不死。由此在生活、爱情和事业上多次自食苦果。

好在我是一个"抗压"能力、"反逆境"能力较强的人,积极和乐观的心态是我人生的主旋律,特别是理想信念的支撑,使我度过了人生的黑暗岁月。我坚信人在江山在,一切都可以重来!

莫以成败论英雄

财经作家吴晓波先生在《大败局》开篇中说过:"他们都是有尊严的失败者……他们投身于这个时代最伟大的试验,同时也承受着转型社会注定难以避免的阵痛、煎熬和苦难。他们以自己的失败为代价,记录了一个时代所有的光荣、梦想和悲哀。

"我们应该为悲剧鼓掌。苦难从来是成熟者的影子。

"所有的牺牲、失败对于未来而言都是值得的。这都是有尊严的失败。"

吴晓波先生是一个有良知和感情的作家,对中国当代企业家是深刻理解和尊敬的,不然的话,写不出这样有深度的文字。他鼓舞和激励我跌倒了再站起来。

"莫以成败论英雄"是后人对楚霸王项羽的为人和短暂一生的

评价和定论，多少也给了我们这些"失败者"一些心灵上的慰藉。

勿忘 2010 年

倘若人生可以倒流三十年，世上有一半的人将成为伟人。

有多少人"一失足成千古恨"，以致一生碌碌无为，白了少年头，空悲切！

大凡世上任何成功和失败、喜剧和悲剧，都是先有因，后有果。有些是外部客观原因造成的，个人不可抗拒；有些是个人主观原因造成的，特别是由自己的悲剧性格造成的。

我要多问自己几个为什么。为什么会发生2010年下半年的"另类长征"的悲惨经历？为什么今天还漂泊他乡？

冰冻三尺，非一日之寒。千里之堤，溃于蚁穴。一切都是自己误入歧途，在面临人生重大抉择时，产生了大而化之的想法和狂妄的念头，以致做出了错误的判断。当断不断，当决不决，没有悬崖勒马、壮士断腕自救，致使覆水难收、马失前蹄。

亡羊补牢，为时未晚。在今后的人生道路上，我会吸取沉痛的失败教训，不断总结成功的经验，力避重蹈覆辙，更不能南辕北辙。

世人求幸福应力戒三毒：赌博、吸毒和高利贷。天下败家和倾家之物莫过于上述三毒，三毒猛于虎也！

贫穷、痛苦、落后及失败都不是一个人的"资本"，失败就是失败，即"胜者为王，败者为寇"，这些最多只可说是为今后的成功铺上的一块"垫脚石"。

为此,在今后的生活中,我要做到避免失败,争取胜利和成功。

同时,我还认为要学会赚钱,学会理财。须知理财是一种责任,健康更是一种责任。要积小钱为大钱,积小胜为大胜。避免进入误区,量力而行,循序渐进。作为一个男人,作为一家之主,更应懂得这一点。因为一家之主是一屋之栋梁,栋梁断,房屋倾!

我觉得最重要的是,在忙碌、奔波、拼搏中,也要学会善待自己,要学会经营自己的人生。

告全体青年朋友和在校学生书

青年和学生是早晨八九点钟的太阳,中国的希望寄托在你们这一代人身上。作为一个60后——中国第一代农民工,多少也要向年轻人讲上几句话:

亲爱的新一代天之骄子,中华大厦未来的栋梁和建设者们!

今天,我以一个"过来人"和"老朋友"的身份向你们谈谈有关社会、人生、理想、目标及为人处世等方面的话题。

首先,你们应庆幸赶上了改革开放的好时代,有着得天独厚的学习和生活条件。但我在高兴的同时也为你们这一代人面对的激烈的升学、就业等诸方面的竞争和挑战而忧虑。

你们这一代人虽不用忍受父辈、祖辈们饥寒交迫、流血流汗之苦,可是,你们心灵上所承受的"精神痛苦"远超过前辈们。这是因为,你们所处的是一个充满急剧变化的竞争社会,大家都在同一起跑线上,可谓强者如云。稍一怠慢,就会落伍,甚至被社会淘汰!

所以,摆在你们眼前的只有一条路:那就是从今天起,从现在起,没有任何借口地学习、工作和劳动。简单地说,就是苦练内功,即先立人、立识、立志,再立业。

这里所说的苦练内功,指提高一个人的综合素质。综合素质包括身体素质、心理素质、思想道德品质、科学文化知识、理想情操、为人处世方式方法及正确的人生观等方面。照过去的话讲,就是要把自己打造成一个全面发展的共产主义事业的接班人。

青年朋友和在校学生们!一个人要想为社会多做贡献,实现自己的人生目标,健康的体魄是一切的前提和基础。为此,你们在紧张的工作和学习之余,千万不要过于沉湎网络和无聊的玩乐。一定要勤练身体,参加各种有益的社会活动。要从小养成热爱生活、热爱学习、热爱劳动和工作的习惯,并尊重伟大的劳动人民。

第二是良好的心理素质。要充满自信,对待生活、学习、工作中的荣辱得失,泰然处之,不斤斤计较。团结友爱,相信团队合作的力量,把自己融入大家庭中去。发扬红军长征"不畏艰难,百折不挠,勇往直前"的精神,向新时代的英雄楷模学习。如《当身体还剩下1/4时》的作者,被誉为中国的保尔、新时代的精神支柱的段云球,我们要学习他那种珍爱人生、轻视痛苦、蔑视懦弱、正视困难、永不言败、豪情万丈和满腔热血地同命运之神搏斗、抗争的精神!脚踏实地做人做事,严格要求自己,遵纪守法,做新世纪的合格公民。

再者,明确学习和工作的目的。要有危机感和紧迫感,端正学习和工作态度,须知未来世界之竞争的主题是"斗智",只有不懈奋斗,刻苦攻关,用现代科学文化知识武装自己的头脑,才能使自己立于不败之地!

还有,树立起远大理想及正确人生观。一个人在漫长的人生之路中,如果没有奋斗目标,就没有前进的方向,更没有行动的动力。好比一只无头苍蝇,到处碰壁。中华民族伟大的"中国梦",就是由无数"个人梦"组成的。

要正视现实,热爱祖国,热爱人生,懂得生活、工作、学习着都是美好的。千万不能产生悲观厌世和绝望的念头,要爱憎分明、有正义感。学那泰山顶上的劲松,不惧风霜严寒。用笑脸去迎接厄运,以百倍的勇气对付一切不幸。为共和国大厦添砖加瓦,为中华民族的复兴洒热血献青春!

要永远坚信,困难是块磨刀石,梅花香自苦寒来;彩虹总在风雨后,奇迹总在厄运中出现。

全体青年朋友、在校学生们!最后,我谨抄录伟大领袖毛主席的几句诗为礼:"天地转,光阴迫,一万年太久,只争朝夕。"

祝你们事业有成!学业更有成!

结 束 语

题外话说出来无尽头，也该到了收笔的时候。

说实话，我是以一种十分沉重的心情写完此书第一稿的。写该书的过程，实际上是个揭"伤疤"的过程。每修改一次稿件，就又重新揭了一次已愈合的"伤疤"。

特别是写到"星夜飞驰老家探父"时，我曾一度停笔数星期。在写时和写好后的几天，我似乎生了一场病，食不香，寝不安。

写我在浙北管业公司三年的营销生涯时，我的心情也十分沉重，比写在新昌城家庭解体、事业失败、倾家荡产的章节时还要心累。

该书的第一稿是我在2013年盛夏酷暑高温中，业余时间在没有空调的出租小房间内完成的。第二稿是在"秋老虎"的余威中修改的。在修改第二稿到一半时，由于生活、工作等诸方面错综复杂的压力，导致我内火攻心，口腔溃烂，心灵焦灼，情绪一度陷入低谷。

完成第三稿的修改工作是在2013年初冬，时值中共十八届三中全会胜利闭幕，所以我把此书的最后一节更换成现在的小标题，略作改动。

7个多月的创作，基本都是在工作之余或出差旅途中进行的，记得有好几夜，我只睡几个小时，在凌晨2点就起床写稿。该书四易其稿，大量删减。

因原稿多次更改，非常潦草，为方便打字店人员打字，第四稿定稿时，我又用正楷字重新抄写了一次，写得手指头都生老茧了。

　　2013年12月，我一边抄写定稿，一边将书稿送去打字店打字，又一边校对，等完成最后的定稿时，已迎来了2014年的新年。

　　当我全面完成《一位农民工35年的寻梦之旅》的抄写校对工作后，并没有如释重负的感觉，倒感觉像完成了自己交给自己的一项艰巨任务，多少实现了自己一直想写一本像样的书的愿望和梦想。

　　但有一点是可以肯定的，倘若该书出版和发行之后，能给过去、现在和将来的人们带来什么启迪和教益的话，那将是我莫大的欣慰。其实，这也是我写此书的初衷。

　　我真诚地感谢看完该书的读者，并敬祝广大读者朋友们身体健康，家庭美满，财务自由，心灵自由，事业有成，生活和工作万事如意！

梁武钦
写于浙北平原嘉兴农村
2014年元月10日
（农历二〇一三年十二月初十）

图书在版编目（CIP）数据

一位农民工35年的寻梦之旅 / 梁武钦著. —宁波：宁波出版社，2016.7
 ISBN 978-7-5526-2379-6

Ⅰ. ①一… Ⅱ. ①梁… Ⅲ. ①自传体小说—中国—当代 Ⅳ. ①I247.5

中国版本图书馆CIP数据核字（2016）第022809号

一位农民工35年的寻梦之旅
YI WEI NONGMINGONG 35 NIAN DE XUN MENG ZHI LV

梁武钦　著

出版发行	宁波出版社
	（宁波市甬江大道1号宁波书城8号楼6楼　315040）
责任编辑	梁建建　方　妍
责任校对	叶呈圆　罗敏波
责任审读	朱璐艳　苗梁婕
印　　刷	浙江新华数码印务有限公司
开　　本	880毫米×1230毫米　1/32
印　　张	9.125
字　　数	200千
版　　次	2016年7月第1版
印　　次	2016年7月第1次印刷
标准书号	ISBN 978-7-5526-2379-6
定　　价	35.00元

版权所有，翻印必究
本书若有倒装缺页影响阅读，请与我社联系调换，联系电话：0574-87286804